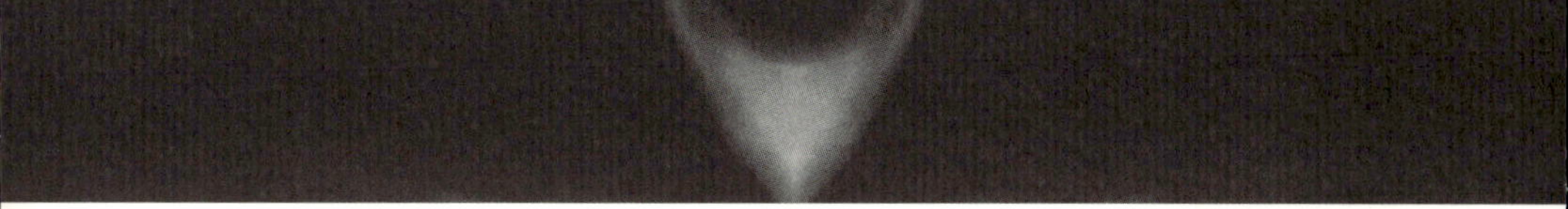

なぜ詩を書き続けるのか、と問われて

◉思潮社

北川透

詩集　なぜ詩を書き続けるのか、と問われて

装幀　毛利一枝

北川透詩集

目次

なぜ詩を書き続けるのか、と問われて

道具愛

分離

鋏よ。女たちの話をしておくれ。恐怖だったのか。歓喜だったのか。
鋏は遊びが好き。ダンスしながら、世界地図から、領土を切り抜く。
鋏は軽はずみ。あわて床屋では、兎の耳をチョッキンと切り落とす。
刃金の冷たさを持っているから。鋏が集団の中で恐れられるのは。
鋏は残酷。敵や標的を突き刺す。切り裂く。生きたまま殺さずに。
鋏よ鋏よ。影切る刎れ。影切られた詩人は何処へ行ったらよいのか。
鋏はただ切断したいのではない。分離すること。鮮やかに暴力的に。
さて……。おれの一存で何百万人の血が流れるか。鋏は国境に佇む。
鋏は切断された者の行方に関心を持たぬ。闘争も逃走も党争も……。
鋏は左右対称の美形だ。その多義的な魅惑に詩は脱ぎたがっている。

螺旋

螺子のフリーセックスはエロチックでない。規格品同士の愛なんて。
女どもが花盛りの車輪にネジたちを誘った。さぁ、祭りの始まりだ。
螺子の喜びは結合にはない。恋愛が結婚制度として固定されてはね。
ネジは自分の体に彫られた、つる巻線によってオーガズムに達する。
螺子の入る円筒の内に螺旋構造がなければ、地下室までは行けない。
ボルトがナットと馴染む為には、固さだけでなく緩みが必要である。
螺子が螺旋状に登り詰める体験がなければ、一篇の詩も生まれない。
全ての思考する機械の運動に、オネジとメネジの原理が働いている。
螺子巻く。ねじ切る。ねじ込む。ねじける。ねじ曲げる。ねじ向け。
ネジだ。ネジだ。ネジが狂っている。ネジが外れた。捩子腐りだぜ。

嘘つき機械

真実を告白します、というツールを通し、わが嘘つき機械の始まり。
告白します。わたしは浴場で少女を犯しました。ドストエフスキイ。
夜明け。イエスは湖上を歩いて、弟子たちの所へ行かれた。マタイ。
労働者のために誰が一番尽くしてくれたか。ヒトラーさ。セリーヌ。
女の性や奴隷の性を持つ者。賤民たち。……に吐き気！　ニーチェ。
父はやせていたからスープにするしかないと思った。谷川俊太郎。
皇統、千万世の末までにうごきたまはぬ。これぞよろづの理。宣長。
一緒に寝た女の数は／記憶にあるものだけで百六十人。鮎川信夫。
猿が人間化するのに最もあずかった力は労働であった。エンゲルス。
私は殆ど生きた気がしない。鼻を摘み通り過ぎただけ。三島由紀夫。

宙吊り

トンチラカンチラ　犬が行く
壁にぶつかり　跳ねかえされ
ヨロロヨロロ　と泣きはらし
何しているの　のら犬ちゃん
オマンマ喰えず　行き詰まり
夕暮れ　クレーンに宙ぶらら
脇道に逸れたらいいじゃんか
おっぽりだしたらよかろうに
尻ッポをまいたらよかろうに
古里の細い眼をした　狐憑き

仮装

ラジオが寝てる…少女のように乱れて…ラジオはなぜ生きた蚯蚓の汁を吸って…ハチャトリアンの老人とカーペット織りの踊りを放送しているのか…演奏に芽が生え茎が伸び…眠っている少女の体にいっぱい虫がつき…その黒ゴマのウンコが栄養となって…カーペットに葉が生い茂る…ラジオからも無数の手が伸び足が生え…成長は止まらず…少女は眠りながら踊り子に変容し…森に小鳥たちを解き放つラジオとなる…生成のすべては波動であり…回帰と前進を楕円の形で繰返す…老人の買い物籠に林檎が二つ…その瞳はくるくる玩具のように回っている…たぶん少女は林檎に食べられたらしい…トーシューズが転がっている…草むらのラジオから足の爪が剝がれた…

排泄

肛門が便器の受け口に正しく乗っていなければ、文体は安定しない。
老廃物を排出せよ。と言ったって、排泄器官の機能は働いているか。
昆虫的思考は無理だね。マルピギー管が滅茶苦茶複雑に絡まってる。
自分自身を一本の排泄器官と自覚せよ。そこに世界視線を流し込む。
もはや欲望と下痢の対立は存在しない。下痢こそ創造の契機だから。
政治結社は正々堂々と排泄しない。隠語、暗示、推測、秘密の支配。
恋人同士は排泄器官をつないでいる。一つの便器で一緒におしっこ。
抑圧からの逃走、あるいは闘争は、遂に排泄器官の破裂まで行くさ。
今日の排泄器官は、詩学のカテゴリーを破って自由を垂れ流してる。
何かが終わるという理由がない。それが排泄的体験の本領らしいね。

O字脚的《オー》

オノマトペア（母隠語）

イウオイイウウエエウアイイウアンアイ！　オオ！　オオ！　オオ！
アウエオオアンアイ！　ウオアアアンアイ！　エアオオアンアイ！
イエイイウオウインアンアイ！　アイアウオアエウオウアンアイ！
イイイアアエエ！　ウエアエエ！　アアエオイエ！　アアアイエ！
イイアアアエアイオウオイオ！　イイウイアアエアアアイイイオ！
騒乱。暴力。革命。権力奪取。粛清。崇拝。あらゆる愚劣の陳列場。
わたしひっぱたいてやったわ。ベッドの上で精霊だの純潔だの……。
ウイイアアエアイオウアンアイ！　アンアンウウイオウアンアイ！
アンアイ！　アンアイ！　ウエエオアアイオオウオンイアンアイ！
ウアアインオオアウエオ！　オアエオイイイオウエオ　オアウエオ！
アーエン！　アーエン！　ウオウアエ！　イウオウエ！　オアア！
アンイアアンアイ！　イウウイアアンアイ！　イオウイアンアイ！

オウム語

オーは語った。生の実感は組織や制度にない。欲望や憎悪にある。
オーは語った。ハルマゲドンだ。全ての正義の戦士の殺人は善だ。
オーは語った。お前の本質は仮面だ仮装だ。監視の棘に刺されて。
オーは語った。公を呪え。職業を蔑視せよ。迷うな。知識は敵だ。
オーは語った。戦え。突撃せよ。後ろにいる救い主に全て委ねよ。
オーは語った。霊感の本質は狂気のドリルだ。厚い壁に突き刺せ。
オーは語った。お前の血で償えばよい。無辜の民の血を流しても。
オーは語った。俺は彼岸と此岸を自由に行き来できる。ましてや。
オーは語った。偽証も欺瞞も許される。処刑への道を嘘で固めよ。
オーは語った。愛しい者達を殺せ。死者を蘇らす唯一の道だから。

Ｏ《オー》字脚

美しきあんたも幼少のみぎり、アンヨの両膝が離れてＯ脚だった。
いつも詩の始まりは不安なＯ字脚だ。ガニマタでヨチヨチ歩いて。
過去と未来を前後左右上下とせよ。するとすべての形姿はＯ字脚。
ガニマタがいい。でも、外反漆をにらんで内反漆と言い張る人も。
悪酔いさせる思想は千鳥足。そのひどいＯ脚ではドブにはまるよ。
オウムを讃えた川の流れは、Ｏ字型にぐるぐる回って淀んでいた。
オウムの嘴は著しく太く厚く湾曲している。彼らは物真似が得意。
すべての流行思想の外延は、模倣好きなガニマタどもで賑わって。
信仰のオナニズムに耽っている修道尼たちは脱腸帯をはめている。
始まりの時間はいつもＯ字脚。読んでばかりいないで、歩いたら。

オートマティスム

……しんこうをうしないこいびとをぬすまれへそをえぐりとられたものたちはナイアガラでかえるになっちゃうんじゃないかおたまじゃくしのじてんでくんしょうにおかされているじんるいはせんそうだいすきだってみんなしにたがっているもんだってだってててんごくよいとこいちどはおいでだしじごくでたのしいグレープフルーツだしわるいやつほどじょうどでほとけだしあきだねかなかながないてるもんやたいでかなかなおつまみにしてたべたことあるかいばかいっちゃいけないよかなかなはたなかまきこおばさんだよあんなちっちゃなひぐらしやいてどうするのおまえこそそのひぐらしやってるとやきとりにされちゃうぞあんなしじんだれがたべるのかねぇ……

オートフォーカス

少女のおまえが
雷鳴の去った後の　赤い雲の切れ目で
ブランコしてる夕べの

それは性の翼が　おまえの冥い内部の
立ち騒ぐ波の入江に
舞い降りてくるまでの猶予のひととき
やがて緑の靄がするどく裂けると

わたしは知らない　その行方を
出航するコンテナ船に折り重なる
金属片と化したおまえの腕の

オペレーション

私の詩はオペが好き。切開し終えると、宙返りして、裏声で歌う。
病好し。貧窮好し。堕落好し。裏切り好し。失墜好し。逃亡好し。
憎しみオペせよ。傲慢オペせよ。嫉妬オペせよ。媚諂いオペせよ。
きみの詩想の腫瘍を切除し、膿を拭き取り、薬草の網を当てよう。
しっかり抱き合ってるわ。夢のクレーンが吊りあげてくれるまで。
宗教と政治の傷口は、真っ赤に焼けた烙鉄で消毒すれば化膿する。
痛みを避ける為に麻酔が必要。でも、思想のオペには痛みが必要。
手術室を公開せよ。誰がゾンビか。医師と患者の闇取引を許すな。
白衣で仮装すれば分からない。血の滴る、この批評のメスは誰？
絶望するな。きみの詩中枢の末期癌。自然治癒ってこともあるさ。

破魔矢飛ぶ

ミノタウロス

なぜ　かよわいこころは
牡牛の太い首を振るのか
むしろ人であることを捨てよ　擬態にめざめよ
さすれば　ラビュリントスの檻は壊れるだろう
おまえのひずめの割れる夕陽の陶酔を恥じるな
おまえの背柱のくるう夜明けの錯乱を詫びるな
かよわいこころは　なぜ
ふたつの角を生やすのか

幼年時

夜更けて星一つなく
死色を帯びた幼い闇

潮のざわめきに似た
セルロイドの切れ片
咽喉の奥で軋み合い
はるか幽かに流れて
はるかか細く響いて

狐憑きのおなごの瞳
灯籠の小みちに誘い

白い闇は　狭い海の
首筋に果てていった

破魔矢

なんだってやってやるわよ
いかなひのあさゆうとわず
ごてごてとほほべにぬって
おのぞみならくちひげつけ
かわいいひとくいじんしゅ
きばむきだしてはやりうた
わらってころすやまとうた
たけきもののふけちらして
しろじにあかくはなじだし
くそまじめのおたんちんめ
はっはっはとてとてちてた

誘惑

わがたまをきみにあずけて
あさやけにあかくただれた

いのちなんかおしくはないぜ
せんじょうにふたりでいれば

すべてのしいかよあけまで
かりそめのただのたまねぎ

みみからちぶさからでべそへ
こいするぶんたいもえつきて

いとしのローリエのかおり
どれいのみあしそっとかむ

幸福

なにをなげくかこの幸せに
冬の蜜柑は暮れやすく
おまえは逸楽の生皮剝がされ
たけり狂って暴れまわる一筋の青い蛇管
洗濯機のすすり泣き　電子レンジの悲鳴
みどりのカーテン　引き千切られ
花瓶も自慢の鼻も押し潰されて
もう自殺するほか　みたらし団子
崩れゆく手指の歓び　恐怖のうなじに
出血する薔薇や
つぐなえぬあやまちで編んだ
クロッカスの花輪を

草上の昼食

国滅びて　百足ジョロジョロ
城春にして　黄砂ムカムカ
萌えいずる　ネットの噂
未来など　ブラック・ホールに
悲しみは　クリアランス・セールで
苦しみも　酒肴に添えて
勲章はまとめて　資源ゴミへ
きょうは佳き日だね
参賀の帰りには　ヌードのきみと
草上の昼食

影の影

受付

玄関の自動ドアが開くと
右側のカウンターの後ろの
濃い影と薄い影が聞いた
何科に狂ったんですか
しつこく強迫する掃除機が倒れる音がした
苦い唾を飲み込んで怯えた
何科に狂ったらいいでしょうか
薄い影がさらに薄くなって笑った
あなたほどの頑健な脊髄が
折れるほどねじれるとはねぇ
今朝　肛門が食べたラッキョウのせいかな
では　コウモリ科に狂って下さい
濃い影が歪んだ廊下を指差した

診察室

人の顔したコウモリたちがぶらさがっていた
あなたが背中を針で縫われていた時
レーニンはどんな表情をしていましたか
たぶん　苦しむ肉体は不幸を表そうとして
ジャガイモのように腐るのでは
濃い影は斜めに伸びて　さらに尋問してくる
霊柩車で運ばれる夢を見ましたか
慣用句にだけはなりたくなかったんです　でも
河原で毛深い痛みに摑まり　セックスしました
薄い影はここでも忍び笑いした
どうして逃げなかったのですか
三角方程式の檻に入っていたからかなぁ
誰が答えているんだろう　死んでいるのに

ユウ

わたしは二十年前に死にました。
わたしはわたしを密かに埋葬しました。
わたしはユウを残しました。死後の姿を……

ユウはわたしが他界から操作する人形でした。
ユウにさまざまなコスチュームを着せました。
ユウは演戯しました。死後分裂した複数のわたしを。

いまやユウはわたしから自立する日を迎えました。
いまや神出鬼没変幻自在なユウです。
いまやユウにはいかなるタブーもありません。

ボラベロ

もっともおぞましいもの　ボラベロ　表層はすべすべしている　一
皮めくると　それは死火山の噴火口に似て　べったりした灰色のか
さぶたや暗い穴が浮き出てくる　焼け爛れた記憶の野菜畑に散らば
るボラベロ　わずかに明かりが射して輝く部分に　ボラベロの野心
や虚栄の影が映る　ボラベロは仮面ではない　死後では誰もがボラ
ベロ　間違うな　死後は彼岸ではないいま　ボラベロが動くところ
死が浸透し　闇が広がる　すべての王権の意志はボラベロの表情を
しているが　制度の陰画ではない　ボラベロは　ものともの　人と
人　人とものとが抗争するところ　どこでも産みだされる　それは
欲望の装置に応えるものだ　ボラベロは一つの腐蝕の作用　ボラベ
ロが抑圧のデスマスクなら　ボラベロの解体も専制のデスマスクと
化す　それは死後も絶えることなく　生々流転の波間に漂っている

人体実験（三月十一日、以後）

白いマスクが言った
ベッドの上に横たわる裸のわたしを見下ろして
安全性は確認されています……から
あなたがこの照射治療で浴びる放射能の
心配などいりません……から
ひよわな裸は　電動式ベットに拘束されたまま
暗い小さなドームに移動した
記憶保存装置を削除します
髪を付けたまま頭皮がめくれた
ドームの外から人工的な声が聞こえる
あなたのしつこい凶暴性の根っこを　放射能で
焼き切るまで　しばらく我慢して下さい……ね
この痛みに　耐えられれば
老後の幸せが待っています……よ

棄却（三月十一日、以後）

ここはどこ？　生きもののウンコや腐敗性の嘆きばかり　それらの
耐えがたい臭いの中に　産みつけられた小さな卵たち　もっとも醜
く歪んだ黒っぽい卵はわたし　それを空中から査察しているもうひ
とりのわたし　やがていっせいに孵化する　わたしも白くやわらか
いウジとなり　のろのろ這う　彼らと共に青菜を食べ　折り重なり
夢を見ながら　さなぎの沈黙に入る　どれだけ眠っていただろう
とつぜん　羽化が始まる　まわりのさなぎたちも　蠅　あぶ　はじ
らみ　蛾　うんかのたぐいとなって　飛び立つ　群れの中に消えた
わたしはどこへ？　彼らは　わたしたちは　ひかりを求めて　羽打
ち震わせ　ヒトや家畜の魂を襲い　いのちを吸い込み　ウイルスの
病原をはこぶ　生き残るために　あらそい　貶しめ　ちょろまかし
て　神の恩寵のもとに　めったやたらに発生し　大量に死に絶える

以後》……《

補註1

ガリヴァーは岸辺に辿り着いたのに何も見ていない
ガリヴァーは渚で鳴いているアルミ缶の声を聞いていない
ガリヴァーは干からびた金魚が盛んに身籠っているのに感じない
ガリヴァーは懸命に告白している雨雲の舌に舐められている
ガリヴァーは紺碧の水平線に刃向かう凶器の震えを知らない
ガリヴァーは彼の網膜の視神経繊維が　無数の漁火に反応して　切れたり　乱れたりしているのに痛みを覚えない
ガリヴァーは凡庸な機器たちが勝手に複製した光景に　奥行きや襞々を与え　無数の意味のカバーを掛けているのに気づいていない
ガリヴァーは拡声器のコードが外れているのを知らない

補註2

もしもあなたが………のことを忘れたら
きっと怒りのトウモロコシが降ってくる

弱虫ね　………のアヘンを吸ってみたら
あなたの照明器具が壊れるのを見たいの

この細長い帯状の………を過熱させ　かならず
あなたのひねくれた堕天使を焼き切ってやるさ

もしも………のやわらかい扉を　鞭で打ったら
あなたの鏡は破裂する　それから語法が崩れる

もしもあなたが………のことを忘れたら
沖で殺された鯨たちが　押し寄せてくる

補註3

さんどさんどごはんをたべない
おててつないでわをつくれない
どんぐりやまにどんぐりがない
ほほじろもすずめもうたわない

大畠章国土交通相二八日開催日
中韓観光相会合出席訪韓韓国江
原道平昌中国邵琪偉国家旅遊局
長韓国鄭柄国文化体育観光相会
談被災地訪問謝意伝東京確認放
射線量北京ソウル同一水準強調

ヨウ素131セシウム137乱
婚す嫁入りや狐の提灯波がしら

補註4

けんけん
なきなき
おぼれた
かえるは

ぐるぐる
まわるき
のろいの
かみのき

ポポカテ
ペトルの
ひのやま
ひをふく

補註5

あなたは突き出た半島を装飾している　でも　海との境目に装塡されていて　時々大風や地震に見舞われ　半島から外にはみ出ることもある　その危うさこそがあなたの属性だ　安全な拘束の中にある　サイクリングコースが　とつぜん　カーブを描いて　崖っぷちへ誘うこともあるだろう　半島から叢生し　様々に逸脱するアクセサリーを　すべて刈り込んでしまえば　碁盤割りされた　知覚の目の中で　第一章を閉じることになる　それでは墜落とか漂流とかにかかわらない　獣類の退屈さの中で　陶然たる破滅の快楽も知らないまま　巨乳のブタ公になってしまうではないか　祝して待ちたまえ　あなたの細い首に縄を巻きつけて　吊りあげる日は近いからね

補註6

これから始まる　下げ潮
それはわたしの　空っぽの底をさらすだろう
まずしくもろい　風景と断念の不整合を

ちぢに錯乱する　頭脳の蝶番を外せ
そうしたら　前頭葉の損傷の
すべてが　おおっぴらになる
ひんまがった短針と長針に　抗生物質は効かない
ウソでかためた　夜明けのうたは
あなたがたが　望むままの色には染まらない

この抗しがたい　引き潮の流れ
波浪にもまれて　座礁した貨物船の上の
アンポンタンの　オタンチン

《遊泳禁止》を禁止せよ

X線1

おまえが封印した蒔絵模様の古い手箱は、風呂敷に包んで仕舞っておけばよい。おまえがそれを白い闇に隠せば　手箱の中ではしつこい翼が羽ばたきしだすに違いない。その荒々しい羽音とともに、死霊に取り憑かれた魚類の一派が、おまえの衰えた共和国に現れ、狂った海に連れ出そうとする。おまえが彼らの誘惑を拒みたいなら、手箱を闇の白昼に隠すな。やわらかい夜の窓際か、食卓の団欒の傍らに据えよ。野生の翼は、次第に盲目の力を失い、無言の石に変ずるだろう。おまえはいつしかおのが身体を切り揃え、手箱の中に入る。そして、石を抱いて安らかに空虚をいたわるようになるだろう。

X線2

Rをなめてはだめだ
（烏賊や蛸を踏んづけても足が滑って転ぶだけ）
Rを一度踏んづけたら　生涯呪われる

（ロープや魚網で捕縛できても　甘い哲学で釣ることができても）
Ｒはいくら痛めつけても滅多矢鱈に死なない
（時々　熱い甲板の上で　跳ねたり　踊り上がったりしている）
Ｒは木や鉄や文法で作られた武器では殺せない
Ｒはその怒りの息吹によって街や村々を焼き尽くした厳しい神より
Ｒははるかに陰険で強力な敵だ
（稲妻一閃　サタンの高笑い　地獄が蓋を開ける）
Ｒは人間を何百万人殺しても傷つかない
（精巧に作られた魂を　精液のように滴らせながら　眠っている）
Ｒは平気の平左で正義やタコ焼きを騙り
Ｒは平気の平左で祭壇や屋台をぶち壊す
（美徳や純潔の聖女の皮を剝ぎ　骨を割いて食べている）
Ｒは人間の物語の中で吊るし首になっても笑っている
Ｒは人間を讃える詩の中でオシッコしている

X線3

ひともくさきもかちくもむしも包帯
包帯はじぶんをみるめをはじきたい
はねかえしたいがだきよせたい包帯
包帯ははるかなさけびをきいている

包帯はどろによごれたひふやしたぎ
包帯はきのうまでいきていたことば
包帯はいかりをなめつくすべろべろ
包帯はいたみとちにそまったよあけ

どこへ行っても包帯があふれている
よびかけられた包帯からごあいさつ
がきたちが包帯をとりまいているよ
つかれても包帯にねむるよるはない

X線4

ええっ　風吹鳥　どこから出てきた?
まったく呆れ果てたやろうだ
美しく着飾って　商売する気はないのかい
角を生やして　脅かす気はないのかい

なんてこった
ひっくり返るぜ
食べるもんは　空気くらいしかなかったんか
どうしてそんな枯葉みたいに朽ちてるんかい
おったまげるじゃんか

怖いものが出現するためにはなぁ
それを呼び覚ます　語り口というもんがあるぜ
何でもないもんが早鐘を打ち鳴らす
騙し方も知らないで　出現するなよ

彼のことを覚えている人は少ない。彼の身体には疣も毛もなくすべすべしていた。皮膚の色は黒っぽかったが、黒人ではなかった。濃い黄色になったり、時に白粉をつけたように斑に変じたりもした。太陽光線や環境の変化に、彼の胎内のホルモンが敏感に反応していたのかも知れない。首が太く、外見上頭部と見分けがつかなかった。眼球はでっかく露出していてよく動き、素早く逃げ去る対象を捉えるのに機敏だった。それは蝿やゴキブリを捕まえるのに役立ったが、わたしが言いたいのは時代の動きを見るのが早かったということだ。鼻も耳も並はずれて大きかった。実のところ、それらのサイズが、認識の強度、予知能力や観察眼と、どれほど深い関係があるのかは分からない。ただ、ある日、とつぜん、恐怖に震えだし、頓馬な孔ぼこたちの滅亡を予告した後、消え失せたのだった。周囲の者は、これを狂気の沙汰として笑い、すぐに忘れた。しかし、わたしの脳裏からは彼の大きな眼と耳の印象が、いつまでも消えないのだった。

X線6

ショパンが焰にむかってる駅
花茨が詩の朗読をしている駅
手袋をはめた時間が停まる駅
消滅がランプを点けている駅

その日わたしは家族からも煙突からも見捨てられてトースターに二枚の駅を入れこんがり焼いて食べていたのですがどうしても嚙みきれない時刻表があってその乳房状の停車駅の中に黒胡麻ソフトを食べ過ぎて急な階段を下痢していた自動販売機がいたからなんですがあの唐津焼の特急列車だけはとんでもない粉砕作用でアポストロフィーのアクセサリーを剝ぎとり通過したのですがゴッホのカラスだけは咽喉を通らないと無人駅の紅い喪を生やした駅長が語るものですからいたしかたなく大好きな蛙の目玉と抱き合って心中しました

ふるさところしてリルレールウェー
ちぞめのいろしたレルリールウェー

行方不明です

探してみるが……

冬の夜の冷気は身に沁みるね
街路樹の闇のなかで気づいた
どこで落としたのか　そいつ
べっべっと唾を吐き　身体を
ゆすぶり見つけようとするが
草叢では蟋蟀も鳴いていない
探しているのは　五百円銅貨
免許証　そんなものではない
道路脇のゴミ箱を漁ったって
出て来ない　ゆらゆら昇って
空に消えたか　固くつめたい
道路に　錐揉状に突っ込んで
暗い穴に消えたか　そいつは

幽霊の家

忘れ去られた火炎たち　乱雑に散らばってた
少年時の洞窟　踏みしだかれた記憶のなかで
逢う約束していた稲妻　乱雑に散らばってた
夜の首の周りに刃を当てて　刺し違えようと
変色し始めた鉄どもが　乱雑に散らばってた
女の子の脱ぎ捨てた下着　ぶら下がっていて
角を生やした楽器の群　乱雑に散らばってた
二階に幽霊のいる家の階下の　下駄箱の隅に
仲間外れにされた毒虫　乱雑に散らばってた

遺骨

きみは狂った解体屋　手当たりしだいに
竜巻を殺し　危険なオートバイを食べた
屋根瓦を捲り　神経線維の壁を破壊した
型通りの床を剝がし　地下通路を塞いだ
両腕や花弁　コードが外れ　崩れ落ちた
捜索隊が瓦礫の山からきみの骨を探した
きみの欠片は何処にも見つかっていない

父と母に食べられたぼく

あたまのないおとうさんがいった
「はればれするよ　きれいさっぱりと」
「もうわずらわされることもないねぇ」
どうたいのないかあさんがいった
「くさやきがくるくるまきあがってる」
「うらのやまがくずれてくるようだわ」
あたまのないおとうさんがいった
「なにかなつかしいものにであえそう」
「まっているきもち　わくわくするね」
どうたいのないかあさんがいった
「あたまのなか　こおりついちゃった」
「めからつめたいひがふきだしてるの」
こえしかのこらないぼくがいった
「せどのこやぶで　ブリキのことりが」
「キイキイィ　キッキッキ　ないてる」

冒険

親指太郎の指はおそるおそる
形のないものを空に描いた
それなぁに　それなぁに
ひとびとは騒ぎ立てた

ちっちゃな親指くんは
一センチくらいの縫い針を腰にさして飛び立った
海を渡り山脈を越えた
すべては親指太郎の冒険にかかっていた

新天地で親指太郎の指はためらいなく
形のないものを空に描いた
誰もちっちゃな親指くんに気づかなかった
嵐が何もかも吹き飛ばした

墓石と碑

半島の先には採石場があって
ダイナマイトが爆発する毎に
小さな物語が一つずつ消える

石大工の身体はシャベルとダイヤモンドカッターでできている
彼らのランプは暴風の最中でも消えないよ
でもその灯りは何かを照らすためではない
彼らの仕事は巨大な鉱石の塊りから　墓石と碑を切り出すこと

半島の先には港があって
そこに接岸する外国航路の石材運搬船からは
少女時代が下船してくる

媚びる曲線

シベリア

鳴りひびいているのはシベリアの氷床
流出し始めたのはシベリア寒冷気団
呼ばれているのはシビーリィ
なつかしい西比利亜の古地図
支配しているのは一〇八五ミリバールの高気圧
おまえはひかりの放射が断ち切られた　暗い正午に
おまえは駅前郵便局横の路地を曲がった
おまえは街中に散乱する沈黙の輪を潜り
おまえは凍りついている朝鮮人居住地の
おまえはひりひりと熱い赤い色の座席で
おまえはしずかにシベリアの乳房を待つ

無言

求めたことがない　燃えさかる尖塔
祈りを捧げたことがない　光る石に
嫌いだ嫌い　媚びる曲線　諂う商品
掛け値なしの掛け値　うるさい神々

ダメよ　棄てちまわなきゃ　鳥類の
はばたく　虚しい　木切れ　自由の

異教徒ですらないよ　おまえの肺臓
ずんぐり　むっくり　ぶきっちょう
ルサンチマンは　耳を澄ましている
……が歩こうとする方向に　無言で

アンヌ・ビリビリハッパ氏投身

時が来た　滝に身投げするために
出発した　夕暮れの膝を折って
あるいは　書記機器を壊して
纏いつく　稲妻を処分する
水死者を　探すな嘆くな
花びらが　何に変るか
そのとき　叫ぶ母音
眠れぬ谺　駆ける
キリンの　音階
にわかに　雹
ぱらぱら
ツァラ
スト
派

アンヌ・ビリビリハッパ氏遺稿

ホラボクノシタイノビテイル　ミテゴラン
スイチョクニノビルノダ　キミノソバマ　デ
ダカラトイッテツカマラナイヨ　マボ　ロシ
メニミエヌ　シゴノマチマデアルキ　マショ
マボロシトマボロシガ　コウセツ　スルヨル
ニクタイハナクテモ　ケガハエ　ルワイセツ
ワレハイノチノカヨワヌ　ダ　ンペンノシダ
ジドウキカイハキョウフヲ　ウ　ミツヅケル
サワレヌワレノタマシイヲ　セツ　ダンセヨ
フォルムハシノイノチサ　キミヲダ　キタイ
キミヲオカシタイ　レトリックモキヌ　モヌ
ギステタ　ジユウホンポウノムチツジョ　ノ
セカイ　シンデモイキルワレヲリンチセヨ

デカ★ダンス

ダン☆ガイハスキダガ　ダン★カイモダンケツモダイ★キライダ
トンマオ★タンコナス　ダンジリダンスデカ☆ダン★ススイスイ
ダンコモダン☆☆ジキモ　ダンチョウモダンマ★ツマモダンスイ
ウテン☆ダンコウセヨ　ダン★コンモダイ☆コンモダンネツセヨ
☆☆★ミタラシダンゴヨシ　オンナタラシコトバタラシダンネン
ダンメンハ★ダンソウ　ダンザイハダンジョウ★ノサイダンデ☆
ダン★コダン☆ゲンスル　ダン☆トンハムネンダダントウダイヘ
ダンペンヲツラネテ　モダン★☆★タイムノコードダンゼツスル
断章取義トハ　モトノ☆★ノ意味ノ流レにカカワリナク　気ニイッ
タ☆★★★ヲ盗ミダシ　勝手ニ自分ノ★ノナカニトリイレルコトカ

精神違反です

狐になった効果はてきめんめんね。大丸百貨店のトイレットコーナーの後ろを通りかかったら、口紅が新発売の羊の宣伝を終りました。可愛い雌狐にみえないよ、ポスターは。そっけなく死んで通り過ぎると、あんあんさん、これ落としたよって、木の葉がマネキンをクルクルまわしました。あれっ、たすけて！　それを受け取ったら、悪い血が吹き出すんよ。けらけら笑っている鏡たちを翳って、エレベーターに乗りました。危険な檻を隔離する動物のようでした。同乗した監視カメラの眼がピカリンコ。八階の化粧室で、モーニングサービスいかがですか、御一緒に。卑猥が彼の声で言いました。昼過ぎに、ところ嫌わず生える黒い毛たち。檻から解放されたら、鯨をいっぱい生やした商品券たちが、狭い通路で駆けっこしていました。その時、重大ニュースが店内駆けっこ。この頃、真面目なネズミにハンドバックが繁殖しています。駆除したい方を、近くのマリア様にぶら下がっている、青色スプレーたちにお申しつけ下さい。

民輪的輪法

カタログ

夜の折れ曲がった管を下る
あおじろい蛔虫　尻尾を鉤状に曲げて
どんなにとげとげの風に揺すぶられても
へいちゃらさ

やたらに生えている雑草　ごろごろ石が叫ぶ
名告れ　卑しい奴め！
オレのことか　寄生虫という神だ
夜の底を下り続ける
あおじろい線虫類　未来から排泄された

おまえの身の丈は？　お節介な紐が怒鳴る
オレに合うカタログなんかないさ

ある神輪

それは死者の精液でベッドを汚している
それは身体を離れ　ボー霊になって彷徨っている
それは見捨てられた遊園地のメリー・ゴー・ラウンドだ
それは昨夜の居酒屋裏のポリバケツの中で悪臭を放っている
それの行く所　どこも「お断り」の貼り紙が掲げられている
それの去る所　どこもかしこもウジ虫が湧いていた
それは紡錘状の生き物に嚙まれて硬直している
それは尖った廃塔と化して曇天に直立している
それは空っぽの祠と化しても　巡礼者たちの訪れが絶えない
それは誰にも好かれる屍となって増殖している
それは瓦礫ヶ原に突っ立つ　椰子の木のような

民輪

ヨリンデはヨリンゲルから生れた子どもでした　誕生すると　直ぐにヨリンゲルの大きな袋の中に隠されたのです　そのお陰でヨリンデは誰にも犯されず　無垢のまま成長しました　ヨリンゲルはヨリンデの足りない肉の襞々を付け加え　未熟な知覚に刺激を与えました　ヨリンデはヨリンゲルの袋の中で跳ねたり　突っ張ったり　ヨリンゲルはヨリンデが十分に性的成熟するまで　百年　二百年　いや三百年も待ち続けたでしょうか　やっとヨリンデはふくよかな肉体に恵まれ　宇宙の運行の法則を知るようになりました　ヨリンゲルは受胎能力のできた　ヨリンデの下腹部を撫でて満足しました

さぁ　ヨリンデよ　出ておいで　わたしたちは今から無性生殖するんだよ　ヨリンデとヨリンゲルは　歓喜の声をあげて抱擁し性交しました　ヨリンデがエクスタシーに震えながら　細目を開けて見ると　待ち続けたヨリンゲルは　枯れ木になって横たわっていました

怪物マンション

まひる見る夢笑うマンション牡蠣食べて　天涯地角に
ドブ鼠蟄るマンション　アンポンタン　ヒステリックに
喚き立ててる女陰かな　笑ってるパン屑と蜘蛛の巣に
古マンション　政治的な唇で乗り込む月光菩薩船に
月光や　くるいくるくるマンション犯す
根っこから引き抜いてよし監視カメラ
倫理的翼持たずに初飛行　マンションの着陸する
滑走路なし　真っ白いストッキング穿いてたね　誇大妄想よ
膨らんじゃいや　笑うマンション大股開いて癌細胞
もうやめてよ　　自爆する怨みのマンション癌細胞
マヨネーズ　　マンションの卑猥なお尻に癌細胞
混ぜないでね　　資本主義いまも十九世紀演じてる
ブルジョア爺は　どこまでも　いつまでも腐ってる
大津波マンション抱えて笑え！　共に流れて行こう癌細胞

神国スッポン

マンションの上でダンスする貨物船　もう　わたしは二度と人間の
姿に帰れません　古里はどこ？　ガラスの靴は？　魂の爪は？
悲劇喜劇　吸いこむスポンジ　炉心溶融
わたしがマンションとこしらえた夢は　お菓子でできていたのです
一瞬に瓦礫と化する驕りかな　カナ混じり
なんて淫らなセキュリティー　マンションと結婚する戦闘機
超高速空飛ぶマンション失墜す　放射性物質に擦られて衣服も　キ
ラキラ★も溶けてしまいました　わたしのおかっぱあたまも　わた
しの可愛い乳房も　諳んじた童謡も　黄色い周波に削られています
批評とは無花果じゃないぜ決闘だ　血統じゃない　破裂する
マンション　輝いてる　滔々と流れるマンション　笑ってる
岩打ちて　衝突するマンション　わが廃墟
白蟻が百万匹湧いて崩壊す　誰が神国スッポンを愛したか

I-131 Cs-134 Cs-137

あおいトマトははたけにでて　さぁ　きょうはしっかりはたらくぞとけっしんしました　まずこうしばたけからはじめよう　トマトははたけにはえているこうしのあしをつかまえ　かまできりとりました　こうしがりをしていると　きゅうにたべたくなりました　こうしがりがさきかけんさがさきか　なやんでいるうちにねむってしまいました　ゆめのなかのまきばでは　にんげんがかわれていましたそうだにんげんのちちをしぼってのもう　トマトはばけつのうえにおおきなちぶさのにんげんをはわせると　ぎゅうぎゅうしぼりました　にんげんはちちをしぼってくれるトマトを　ほそいめでうっとりながめました　トマトはまたなやみました　ちちをもっとしぼるべきかのむべきか　こたえをだすまえにトマトはめがさめましたそこはかえるのはえているはたけでした　トマトはかえるをつかんでかわをむいてけんさしました　けんさしているうちに　けんさしてるのか　されているのかわからなくなりました　しろいトマトやくろいトマトが　みじかいよつあしでピョンピョンはねていました

夢遊するもの

家畜たち

地面が空中に浮かんでいた
地面から吊り下がっている円柱状の魂たち
牛の生首　馬の両脚の蹄　犬の縫いぐるみ
猫の長くのびた霊たち　山羊や鶏の黒い影
地面が腹を抱えて　ひくひく笑っているぞ
地面は腰を揺らしながら　浮遊し始めたぞ
更に引き千切られて散乱する　家畜たちは
何処まで墜ちてゆくのだろう
地面から見放されて

清潔な手

裸の丘が　幾つも転がっていた
　たいていは溺死していたが
なかにはまだ生きていて　薄眼を開けている丘もいる

丘の生命を救いたいと
　天から幾本もの清潔な手が伸びてきたが
生きている丘も　溺死している丘も　身を縮めて拒んだ
　中にはしつこい救援の手を　食い千切った
　　瀕死の丘もいる

川

　見渡すかぎり　荒野が白無垢に染まっていくなか　不逞の川ばかりは　日夜　淫蕩な獣類と抱擁に耽り　精根ことごとく尽きて　肌に潤いを失い　痩せていくばかりだが　それでも充血した眼を虚ろに彷徨わせ　踏み込んでくる獣類と　痙攣の絶頂を極めている

泥の子供たち

　食べるものもなく　飢え渇いていた子供たちが
教会に集められた　教会の内も外も水浸しで　泥が溢れていた　窓から落下して砕けたステンドグラスが　卑しい光を乱反射しながら言った　飢えたる子たちよ　心おきなく泥んこ遊びをしなさい　泥はおいしいケーキや甘い林檎に変わるだろう　子供たちは歓声をあげてはしゃぎまわり　泥の渦の中に消えていった

記号

橋は流れた
　野原や田畑の上や学校の教室の中を
　　ビルの谷間や商店街の中を
　　　橋は時と所を構わず　無差別に流れた
　　　　橋はひどく傷つき　折れ曲がり
　　　　　砕けて一本の錆びた釘となる　棒千切れ

コンクリートの破片となる
一筋の細長い記号となる

家賊たち

まっすぐ直立している岬　その岩壁に家賊が攀じ登っている　岩場に縄をひっかけ　首吊っている白い髭の男はオジだろう　まだ　産まれていない素っ裸のマゴが三人ひしめいて這い上がっている　するする進んでいるのは幼女のように若いソボ　戦死した水兵服のアニキが岬の途中で日の丸振っている　火傷で爛れた顔をして手足をばたばたさせて悲鳴をあげているチチ　疲れ切っていまにもずり落ちそうなハハ　吸盤のある八本の腕を持った威勢のいい女は誰だろうか　二人のアネゴは腰紐に鎌を差したり　背に竹籠を背負ったりして　枯れ木にぶらさがっている　色とりどりのイモウトたちは果実のようにしたたっている　直立する岬の先端まで海面の水位が上がってきたら　彼らはどうするつもりだろう　岬の下では　荒い波が騒いでいる　わたしは　まだ　波にもまれてたどりつけない

性交図変

油紙

わたしは…またまた…本日死にました
死ぬことは…水をはじく油紙になることです
もう…わたしは何回も死に…その都度紐で綴じられ
分厚い電話帳みたいに…柱の釘に吊るされています
わたしは「こいつまた死んだんだ」…と舌打ちして
新しくつけたされた…皺くちゃの油紙を…数えます
不思議なのは…油紙を数えるわたしがいることです
もっと不可解なのは…油紙を数えるわたしが死ぬと
また…油紙を数えるわたしがのんべんだらり
どこかの柱に…吊るされていることです

セックス

いつものことだが　セックスは夜になると　どこからか忍び込んで
くる　セックスのオシャベリは止まらない　わたしの大津波があな

たをさらうわよ　と気を引く顔つきしながら　白い臀部を剝き出しにする　ラジオは受信の悪い性器のように　ビービーガーガーとノイズを発し　この造花の部屋の薔薇をしおれさせているが　あなたの蝶のなかで　ワイングラスが息絶えているのは　蛙の受精卵に文体という生き物をつくる　オヤから引き継いだ雛型が入っていないからだが　それですべてのカエルが発情しなくなり　いくらたんぱく質を摂取しても　セクシーな誘惑の装置は　もはやまったく機能しないし　干からびた残骸の皮の林檎が　かおりを失った部屋の物語に散らばっているばかり……とセックスは　たわいのないことを際限もなくしゃべりながら　溶解しはじめ　跡形もなく消え失せた

変態

わたしと彼は文中で彷徨っている時しか性交しない　行間の闇は意外に深いので　わたしは常に行方不明になる　それでも彼と交接できるのは　彼の体にびっしり生えてる　よく発達した繊毛がそよいで　わたしを感知するからだ　彼は原生動物門の繊毛虫に違いない

破調

カマキリや複眼で見る　神不在　たそがれて
カマキリモドキ性交す　鎌状の細長い足曲げる
カマキリは足振りあげ祈る振り　いや　襲う振り
カマキリのメス orgasmus に酔いしれ　オス食べ忘れ
カマキリもカマキリモドキも墜ちてゆく　月光の下
カマキリは三角頭で思考するよ　羽根退化して
カマキリは無音無言で命尽く　疣虫と貶されて
カマキリという性愛の形式に潜んでる無限　死
カマキリはうたえない声絞り出し消えていく

不能あるいは impotenz

空ニ嵌メコマレタ無数ノ鏡ガ海ニ流サレテ肉体ヲ失ッタ愛撫トカ信
仰トカ価値トカノ破片ガヌルヌルシタ岩ノ欲望ヤ潮流ニ揉マレル藻
ノ快楽ヤ沈没船ノ虚無ニ擦ラレテ何カ別ノモノニ変質シテイク行方

ヲ写ソウトスルガ曇ッテイル上ニ錆ビモ酷クロクナモノハ写ラナイ

異種交配

こいびとはおまえのシュガーのブーツがふんだところに　キスする
こいびとたちすべてはたいとう　ベッドのうえいがいはね　そうよ
こいびとたちにふるさとはないそこくはないおかすりょうどもない
こいびとたちだましごまかしくっぷくさせなやませ　あそんでるよ
こいやぶれころすちをすうかわらにしたいさらし　ふくしゅうする
こいびとたちはしりのあなまでもふんしょくけっさん　かいけいぼ
たがいのくそをくらいくそにのどつまらせはてる　ほれたがわるい

わが循環器たち

産卵

＊立中潤　一九七五年五月二十日、自宅の裏山にて縊死す。

夢の中では、いつも床に釘付けされていて
目覚めても夜の濁りから立ちあがれない
そのうちに陣痛が来る　子宮が収縮するいたみ
遥か原始の営みは果てしなく　なぜ奴らは
殺り合うのか　ぼろぼろに破れた約束の靴のまま
バナナの皮の上や　煉獄の季節を逃亡した果てに
釘づけされた身体が　反復する死のリズム
反復する陣痛　果てしない海の痛み　ようやく
反復する日常の散乱に擦られて　釘づけされたまま
明るい闇の産卵　ひしゃげた粒々の列なりから
盲目の胎児たちがこぼれ落ちる

捨聖

＊菅谷規矩雄　一九八九年十二月二十八日、肝硬変症にて死す。

じぶんのシ　死ぬ時　ヲね　しばし　バ　予告　してね
ウエヌ　スの丘　夢で　サ割り　雫石　の雫ポッ　たりす　る瞬
カンをね　ヒトに見せ　るワケで　ショー
雫　のポッタリ　ケケ　レ　あれ　やや矢　を興ギョウする
スルスル　ロウ　読会で死　シミ　ミ　せるというか
キ　カセ　ットスルと　いうか　仕手イルウ　イルスに
羊歯　いに　石に化け　ていくマツ　路が　ユー　チューブ
ラリンの動　ガでミ　られル　ルル　八雲た　チイ　チイ
　チ　イ　イ　ずもタつ　生ゴミは月と木　古詩は水　ダ
打　楽するよ　ヨンロ　コビににっち　モさ　っちも　ゆか啼くな
句　泣く　無　く苦る　来るし
啼くホット　ケーキケー　キョキャ　K音にて　チを　ハき
　時鳥　アカトキ裂きて　寝覚めかな

死体派

＊L＝F＝セリーヌ　一九六一年七月一日、卒中に仆れる。

放射能の雨なんて知ったことか。われわれはとっくに行方不明だ。無関心な朽ちた木だ。おまえは未来のどんな死に、立ち会うつもりでいるのか。すでに死んでしまっているおまえが、未来を騙るなんて、ちゃんちゃらおかしいじゃねぇか。朽ちた虫食い棒め。その上に、潰され、砕かれ、粉々にされてる。咽喉の奥に手を突っ込んで、傲慢な精神というムシケラを引きずり出し、よく見てみろ。おまえが守護する幻野など、利権ずくめの流行病の嵐に吹き飛ばされ、人肉を漁る十字軍に食い荒らされている。おまえの遺骸など、どこの海を浚ったって出てこないさ。故郷とか、祖国とか、そんな戦争を始めるための玩具など弄るな。われわれの安っぽい建築物も、出っ歯の鼠も、扁平なアブラムシ野郎も、もろともに消滅。それ、それ、それ。そこに立っているのは、糞ったれ、というたった一本の枯れた木だ。

＊松下昇　一九九六年五月二十二日、自宅近くの路上にて、急性心不全のため死す。

〉《　》〈

《朝だというのに黒い星が散乱する　風のない坂道に　さまざまな傍点やゴシック体の文字が　ひしめいていたが　どの傍点も文字もそれらの上を　にこやかにかすめていく燕の羽音を知らない　そして　羽音も傍点が内包する空虚な意味やゴシック体が　ヒステリックにがなりたてる弱さにおびえるだけだ　そんな傍点やゴシック体が　存在を主張できる範囲が　どこまでであるのか　その広がりや深さを計測したこともなく　たずねたこともなく　やがてくる正午の坂道の行間に巻き起こる旋風が…

　不眠の獣の思考を投げかけたり……

　　卵の血色の軛に指で触ったり………

　　　鉤足の憎悪に頬ずりしたり………

　　　　綿毛のユメに陶酔したり………

　　　　　ジグザグに転移したり………

　　　　　　稜線を抱き笑ったり………………》

撃攘

＊村上一郎　一九七五年三月二十九日、自宅にて日本刀による頸動脈切断、自死。

夢もなく財もなく生まれ何ともなしの地に塗れ風・風・風＆風々
伸び悩む羊歯の芽幾つ踏み潰したかいなぁ　もはや手遅れ足遅れ
あんたがたどこさはないちもんめ　戦後であればみなたたかひき
革命などちゃんちゃら可笑しいお前らの目見て五十年血の毎巡る
他界からやってくるゾエふつふつと　物の怪たちと今夜あそぼう
誰も読まない覚えてない我も忘れたルフランをなぜか口ずさむ朝
造らないわが墓の辺り一面に夏草生繁ることも千切ることもなく
百年の孤独なんてしゃらくせぇ今夜焼酎呷り乱暴に君乞ふるかも
詩学貧しき土壌なんどと嘆くなよ原理なぞなくて七草万葉ひらく
手触るればゆたにたゆたに揺る乳のあふるるばかり反れる様はや

註・最後の一首は村上一郎歌集『撃攘』より引く。

神経の秤

＊アントナン・アルトー　一九四八年三月四日、直腸癌のために死す。

一筋の弱い流れ。胎内のくだ。くねくね曲がる紐状のいのちに狂う。うんぷてんぷに織りあげられた唇の舌の火に狂うクルってないわたしは、オ　ぺダナ　ナ　コメフ　タウ　デダナ　タウ　コメフ樹木の葉の先の神経に狂い、風に震えるたのしい孤独にクルクルする、雲の甘美な強迫に舞い狂う、火花ほとばしる石炭の黒。自然の皮膚、獣の声の筋肉、挑戦的な無数のカラスの爪に狂って狂って狂いまくった果てに、クルってなんかいないじゃんか、狂ってる、ヨ　ナデダヌ　ナ　コメフ　タウ　コメフ　ナ　コメ行間の色。文体の臭気。練り鍛えられた体位。神を売る知に狂う。ウソ八百の絶対のヴィジョン。骨に達するほど抉られた地層に狂う。隠されたシステムの背後の気圧。無数にずれた線描に狂うクルわない狂うクルってませんよ。ホラ。狂ってるのはおまえたちだ。一切の引き潮。大地の分断。蝶番の外れた思考の残骸にシ、ぬ。

六喩

幻

記憶の階段を登る
苔蒸している暗い境内へ
樹木はへし折られ
空洞となり　ぼろぼろと崩れている
蟻たちの明るさ　渓流のひびき
そこにきみの一本の杭　不信の傷口が
穴を開ける　もの言わぬものたちの
匿名の力がよみがえってくる

雷

怒りなのか　痛みなのか
ぶるるん　ぶるるん　転げまわる
世界という一枚の板の上に
載っている　ただのがらくた

怒りなのか痛みなのか
柘榴の枝々に犬の首ほどの実が揺れ
重さに耐えかね　はぜては落ち
はぜては落ち　ことばの散らばる地面

洗濯物の舞う　路地の狭い通り
怒りなのか　痛みなのか
死者の休む縁台の横をすり抜ける
骨の焼ける匂いに痺れる

夢

火葬場の控室のようなところ　長椅子に腰かけて　馬や熊　兎や麒麟の縫いぐるみたちと待っている　後ろから伸びてくる　爪の伸びた毛むくじゃらの手に顎を撫ぜられる　そいつの赤く腫れた眼を見たいが　なぜか振り向くことができない　ベルリオーズの葬送行進

曲の乾いた体温　とつぜん　調子外れのトロンボーンに　踊り上がる　誰かがすする鼻汁の音　腋臭の臭い　正面の錆びた鉄の扉が開く　火箸を持った黒いマスクのロボット　順番を告げに入ってくる

炎

散乱するプロパンガスの円筒だけが
いつまでも火炎を吹きあげ　夜空を焦がしている
衣服を波に流して漂う死体の群れは
長い藻の中に隠れて見つけることができない
生きている身体は　それより一層深い海底に堆積して
彼らの歌う物語は　微小な甲殻類の餌になっている

水中月（三首）

まだ絞首台があった頃　パウル・ツェランの波間に月は消され

腐臭を放っているひもじい月よ　遥かな砲声のひびく心の沼地
死のフーガ　という過激な渦潮に巻き込まれた　酔月　溺れて

鏡中像

うす暗くひかるガラスの板の中に入ると　恋人と交接したばかりの妹の　うるんでぼやけた顔に遇う　彼女のしどけない　濡れた二つの乳房の間の径を辿ってゆく　小さな村落が浮き出る　萱の小屋の中で祖母が二匹の赤い蛇を飼っている　尖った頭をあげて招く蛇に誘われて奥に進むと　青布の陰の寝床にすわった幼い妹が　細い眼差しを向けている　動物の湿った匂い　覆いかぶさる黒い影　うるんでぼやけた顔が崩れ　ひびの入ったガラスの板からこぼれ落ちる

孔雀抄

訶

逃げ出せ　逃げ出せ　逃げ出すんだよ
燃えやすい　油紙で作られた孔雀さん

訶訶

おしてみな　扉なんかないよ　窓は開きっぱなし
おまえを閉じ込めている閂なんか　どこにもない
おまえの細い首　縛っていたのは　おまえじゃない
おまえのおまえのおまえのごわごわそのまたおまえ

訶訶訶

もしもし　おおばけこばけの孔雀さん

どこからおいでだえ

わたしゃ　深いが浅い　浅いがねちっこい　空の底
苦しいが　ひょっとこ　笑いを溶かしてる　空の底
わたしゃ　明るいが闇　からっぽの死の穴　空の底

もしもし　まねっこ下手な孔雀さん
おまえは何しにやってきた？

訶訶訶訶

あの真っ赤なピーマン信徒のうらみつらみ
あの真っ青なマイワシ信徒のにくしみねたみを
擂鉢に放り込んで　かたいすりこぎでたたきつぶし
ちからいっぱいこいだのさ
ただの鶏の餌になるまでね

それを裏の墓地に持って行き　見境なしに誰だって
飢え渇いた振りしてる　とんまの口にねじこんだ
　そやつのとさかがますます赤くなり
　そやつの尾羽がめったやたらに抜け落ち
尖った口から泡がぶくんぶくんと噴き出した

訶訶訶訶訶

ウソ鳴きのニセの涎の苦い汁　そいつを耳から注がれたのが　ウンの尽き　やいやいころんころんに太りゃがって　ぶらんぶらんとふらつくな　ずんぐりむっくりへなちょこりん　鳴くに鳴かれぬめんどりよ　まるで飛び方忘れた家鴨の子　ごめんなさい　お母さんに耳移しで飲まされたんよ　ごめんなさい　お父さんがお尻をぶったんよ　ごめんなさい　ひよっこたちがいくじなしと笑ったの　ごめんなさい　じゃない　ありがとうだろう　みどりの空に錦の扇を開く尾羽を切った奴　ありがとう　何もかもあるがままに映し出す池の面した姿見さん　世界中で一番みにくいわたしはだーれ　腹黒い

ウソ鳴き母さんにだまされて　引っこ抜かれ　踏みしだかれた羽根
ありがとう　それでも止まらない　これがわたしの糞にまみれたひ
とふしの歌　聞いているのは誰かしら　ありがとう　鉄砲も提げず
鉛筆も持たないで　孔雀狩りに行ったまま　行方不明のおたんちん

訶訶訶訶訶訶

狩人さん　孔雀に猟られて　尾を巻いて
まっぴるま　孔雀の訶っ訶　闇路　翔け

交雑系

臭線

野の風景は　しだいに縮まってきた
遠い山々が押し寄せ　足元に河水が流れている
焼けただれた空が幾重にもめくれて垂れさがり
ついに　土砂降りになった雨のなかを
なぜか　おれは知らない女に手を取られて逃亡している
女の顔を見たら　叫び出すかも……
目は細長いが　瞳孔を閉じると針状に縦に縮まる
細く鋭い犬歯は顎の下まで達するだろう
握られている手の先から　おれは次第に毛皮化してきた
体がむずむずと震えだしたのは　皮膚の下に
幾筋もの臭線が張り出してきたからだろう

魚人以後（異稿）

ここに漂着したのはいつだったか　渚から
石段をかぞえながら　丘の上に立つまでに
背なかや腹部の鱗も　すべてこそげ落ちた

長い長い回游だった　流れに逆らってばかりいたが　丘に根をおろし　歳月を重ねるうちに　玄関の扉は古びて隙間ができた　いつのまにか　新建材の壁のいやな臭いも消えた　黄色く薄汚れている便器の上の小窓のガラス戸が　がたぴし軋むようになった　そして今朝　鉢植えの　決して凋まない　贋朝顔の陰に　一匹の天牛……

分かっている　すべてはもうすぐ全壊するための
安普請の建築物　呟きだらけの電子の小部屋から
誰も逃げられない　海に帰る魚体を失った者たち

クサッタチーズ

オレハマチナカヲアタマヲタレメヲヒカラセテアルイテイル
オレノドウタイハヨコナガニノビタリチヂンダリシテイルゾ
オレハカラダジュウニクロズンダツメヲハヤシテイルゾ
オレガキョセイヲハッテイルノハオマエタチガコワイカラダ
オレガアタリヲイアツシヨウトホエレバホエルホド
オレノコエハヨワヨワシクモノゴイシテイルヨウニヒビイテイル
オレガオマエラヲキライナノハオマエラガウジムシダカラダ
オレガオレヲキライナノハオレガクサッタチーズダカラダ
オレハホウシャノウヲマキチラシテオマエラヲミナゴロシニシタイ
オレダケガイキノコッタラヒロバノマンナカデオドリクルウゾ
オレガニクケレバスミビデヤイテムシャクシャトタベタライイ
オレニハカミモホトケモナクココロヤスマルスミカガナイ
オレニハオヤモナクツマモコモナクヒトリノトモモイナイ
オレハドコカラキテドコヘユクノカシラナイ

回復期

元英国領事館の横を通って、幾つもの曲がりくねった路地を抜けると、行き止まりになります。そこに細い通路のような喫茶店がありますす。そのいちばん奥のテーブルで、彼は待っていました。もう体はいいの、と聞くと、彼は気弱く首を縦に振りますが、青白い顔には生気が感じられません。いまのこの世界では、きみとぼくの火しか残されていない。こめかみのあたりで燃え盛っているぼくの火が見えるだろう。ぼくにはきみの火が見えるんだ、と充血した眼でわたしを見つめます。わたしの火はとっくの昔に消えているわ。あなたの火も、わたしには見えない。出ましょう。わたしは彼の腰を抱くようにして店を後にします。路地の通りを逆にたどって、茶色い煉瓦造りの旧領事館の前の陸橋を渡り、対岸に行く連絡船乗り場の前に出ます。夜が更けているのに、向こう岸の古い港町は灯りがいっぱい輝いています。横抱きにして歩いていると、だんだん彼は無言のまま岩のように凝結してゆきます。わたしは海峡の突堤の先まで、その重い塊を引きずってゆき、力の限り、激しい潮の流れの中に投げ込みます。ごろごろ回転しながら、岩は声もなく潮流に飲み込まれてゆきました。もう、こんな夜を、幾夜過したことでしょう。

オモテとウラ

その展覧会では、よく知られたオモテの絵のキャンバスのウラに、必ず、もう一つ二つの絵やデッサンが描かれていたのでした。オモテとウラの関係は、キャンバスによって一様ではありません。同一モティーフの別のヴァージョンだったり、オモテはウラの細部の拡大だったり、より鮮明な展開だったり、まったく無関係だったり、むしろ、オモテがデッサンで、ウラが本格的な仕上げを示していたり、オモテでは完成を目指して硬直した線描や色彩が、ウラでは自由に、伸びやかに動いていたりするのでした。面白いのは、オモテが公的な視線にさらされる運命によって、いたずらに媚態を示していることもあれば、ウラもまたウラであることを強いられて、外からの視線を遮断され、秘匿されたり、無視されたり、差別されたりして、ルサンチマンに身を焦がして仮死しているものもあるからでした。でも、ウラとオモテは必ずしも絶対的な区別ではなく、作者や鑑賞者の気まぐれやら、何かの偶然やらによって、その関係が逆転します。しかも、ウラとオモテが生命的な関係を持てば、オモテはいつもウラの作用によって、複数化し、流れ動き、オモテの折目にウラを吹き出させたりします。オモテのオモテには様々な反オモテや非オモテがあるように、ウラのウラにも、オモテ以上に過剰にオモテになりたがっているウラとかが……。

天国公園

あの男は腰をかがめて挨拶するフリして
ワタシのスカートを捲りあげたのよ
顔じゅうでにこやかに笑いながら
真中に寄った二つの目だけは　ワタシを注視していた
頬骨の出っ張った　むっちりと太った顔
そのカミさまの裏声のような脅しとおもねりを融かした　ねばねばした声を聞くと　ワタシは抵抗できなかったの　男の冷たい尻尾が
ワタシのやわらかい腿に触ったとき　ワタシはなぜか嬉しくぶるぶ

ると身震いしたわ　それからワタシは男の為すがまま
宙に浮きあがっているふんわりした絨毯の上を
男といっしょに　一晩中跳ねるように歩いていたわ
気がついたときには、男はしだいにガス状に希薄化してゆき
ワタシは素っ裸のまま
天国公園に置き去りにされていたの

穴遊び

窪み

その少し窪んだ所に嫌ぃ屋引っ張り屋投げ出し屋砕け散り屋咽び屋
ぶっ壊し屋ひん剝け屋突っ込み屋うつ伏せ屋震え屋嚙みつき屋途方
に暮れる屋味噌も糞も一緒くた屋などが落ち込んで慰め合っていた

隠れ家

追われる日記になるまでは昼間から眠りこけていた。
追われるそよ風になるまではやんちゃな動詞が水辺をさまよってる。
追われる乳房になるまでは朝まで開き扉に挟まれていても平気よ。
追われる哺乳瓶になるまではワクチンを接種されていた。
追われる猪になるまではそばにおいで坊や怖がらなくてもいいんだ。
追われる聴診器になってからは美代ちゃんを裸にして転がしていた。
追われる雑食動物になるまでは良心を吸うスポンジの亀だった。
追われる崖っぷちになるまでは隠れ家で笑っていた。
追われる隠れ家になるまでは女房も子供も秋田犬も帽子も普段着も

仏壇も十字架もお皿も無花果も鶏もみんな仲良しで平穏だったさ。

過失

万作と盗作には気をつけろ　黄昏時は破損しやすいぞ　骨董化した新人は胸糞が悪い　嫉妬深い天井裏や尿道は陰気臭い　着飾った人骨ほど手癖が悪い　喪服を着た荘重体は葬儀屋へ　悪性腫瘍を目玉にしている生きものに近づくな　奇抜な装身具は怪我のもと　階段から転げ落ちた笑い猫は顎が外れて詩が書けない　当店の自爆用品は　自己増殖する耳飾り　莢えんどうの火薬　遠隔操作の首振り人形　東京電力使用済み生理用品　恨みの糞壺　禁制玉体複製器など

小孔

袋という袋には無数の小孔がある。胃袋だって、戸袋だって、財布も子宮も袋、おかあちゃんだってお袋だし、なになに？　そっちに行ったら袋小路だって。あんた、知らないの。どんな袋小路だって抜け道はあるんだよ。その先がまた、行き止まりだったりして。川の流れの落ち合うところも袋だろう。袋の鼠や、手袋や、戸袋、おいり袋。袋を入れる袋。どんな袋にも、ちいさな小孔がいっぱいあいている。物語や歌にも、くるしみにもよろこびにも、安っぽいなみだをいれる袋がある。袋は袋を破れるか。あんたは時のつまったちえ袋。われは死びとの首にぶらさげるずだ袋。国家も教会もきゃらきゃら音のするいやらしい袋を腹にかかえてる。どんな袋にも、こまかい孔が無数にあいていて、イノチよりだいじなものがしみでたり、こぼれ落ちたりする。われらの世界は小孔だらけのおそろしい袋。ちいさな孔が膨らんだり、縮んだり、破裂したりしている。

竪穴式

縄梯子をつたわって降りているのに、たしかに上空へと登っている。星でもない。蛍でもない。無数の玉葱のようなものが光りを発して浮遊している。縄梯子にしっかり両足をからませて、両手でそのようなものを摑まえ、次から次へと剝いていくが、どれもこれも空っぽのようなもの。なぜ、無性に剝きたいのか。天空を飛ぶ死の球体。竪穴式縄梯子の周りは玉葱のようなものの皮だらけだ。遥か遠くから、わたしを眠りに誘う麻薬のようなもののにおい。玉葱のようなものの腐敗。その心地よさと不快の混ざったにおいのなかを、縄梯子を登る。いや、降りて行く。地下壕のようなものに到り着くまで。

横穴式

その黄肌の崖には幾つもの横穴式の洞窟があってそれは住居になっているのでしたその白肌の身体にも幾つもの横穴式の洞窟があってそれはエロスの沼に通じているのでしたその黒肌の闇が構えている横穴式の洞窟に入ったらもうふたたび戻っては来られないのでした

笑うマネキンたち

トルソー

それには泉という中心機関がない
それには怖さで震えている歯車もなかった
それにはのらくら生きているフルートもなく
ほら　人生の最大目的とかおっしゃいます　あの
輪投げするマストもなかった
それはいかなる大根とも連帯できず　いかなる夜の湖からも拒否されず　それは紛争によって定められた国境もなく　逸脱もなく　散乱するキャベツ畑を睥睨する超越もなく　夢想する旧型エンジンも内蔵せず　風にそよぐ枝々に歓呼の声をあげることもなかった
頭部を欠いたそれは　明晩は婚礼ですよと叫ぶ統一を持たなかった
四肢を欠いたそれは　すばやく食い逃げするペダルもなかった
それは入口も出口もない骨壺のようなもの
それは行方定まらぬ流木のようなもの
生きものたちの持つざらざらした痛みや痒みを知らない
単にごろごろするすってんてんでしかなく
すべての眼差しに無関心な空虚だった

笑いからもっとも遠い不在だった

陳列

わたしたちは無造作にトラックに積み込まれ、見知らぬ街に到着しました。わたしたちはレースの袖とか、刺繍した裾とかの、ふわふわした色とりどりの薄物ばかりを、身に纏っていました。夕陽のカーニバルの始まる時間、彼らは公園広場の隅に、わたしたちを並べる段になって、急に怖気づきました。欅の巨木に巣食う猛禽類の襲撃をおそれたからでも、野良犬どもが地面に鼻をこすりつけて徘徊し始めたからでもありません。彼らがもっともおそれたのは、自分たちの支配から、わたしたちが逃亡することでした。わたしたちの死に魅入られている眼。ありきたりの囁きに赤らむ耳。白痴の微笑み。やわらかな円形を描く肉体の線。細くくびれた腹部。決してこどもを産むことのない小さなお尻。もの憂い手指の表情。生活する匂いを断った蠟質の白い肌。誘惑する上向きの小高い乳房。いまにも走りだしそうな細くしなやかな脚などに向けて、群がる人々の眼は欲望します。好奇の舌舐り。猥褻な吐息に、わたしたちが目覚め、生き返ることが、彼らの破滅でした。それを予感しながらも陳列する、彼らの強張る手の中で、わたしたちはニセの人形の肌をさらして、身動きもせず、陽が落ちていく時間を待っていたのでした……。

模型

あなたたちは複写され
また　複写され
複写されればされるほど
増殖すればするほど同じ顔したひとつの家族
多種多様な彩りのひとつの文体
あなたたちはむりやり合成されたひとつの雛型
媚を売ってるよ……招き猫
かしこまった……福助さん
詩の形をしてる……人生訓
全国津々浦々の……菊人形

ある日、醜い差別の洋服を着せられた
チビクロサンボは　幼年の笑いの森から
永久に追放された

キルティング

その鉤針や棒針を操る技巧的な手は。どこから伸びてくるのか。いかにも真実らしい。なめらかで光沢のある表皮。希望とか。よろこびとか。ありがとうとか。歓喜に湧き立つ精神は。その手の巧妙な針の働きによって。縫い合わされる。使い捨てられた古い布切れ。疲労し皺くちゃになった思考の紙屑。通俗的で役立たずの自己権力とかと。タムタムに逆らうな！　タムタムに手を振り上げる奴は滅ぶ！　と。ゴミ溜め行きの黄色い権力と。縫い合わされる。次は国防軍の創設だ。大元帥閣下の誕生だぜ。反どんちゃん騒ぎと。愛国正義のアメリカ野郎をはさんで。反・反どんちゃん騒ぎは未来の墓穴と。縫い合わされる。批判を許さぬ。百合盗人め！　のひと声と。

奪われた百合を特権化する憎しみと。縫い合わされる。腐った林檎が。死んだ輝かしい太陽と。縫い合わされる。コンコンチキ野郎め！おまえが探してる場所なんかにオレはいないさと。どこからか湧き起るマネキンたちの哄笑と。縫い合わされる。ソソラ。ソラ。ソラ。能天気ノ兎ノダンスと。陰気な情報局とが。縫い合わされる。アシデ蹴リ。蹴リ。ピョッコン。ピョコリと。踊ル。耳ニ捲カレタ鉢巻キは。旭日大綬章と。縫い合わされる。すべての善意の。すべての奉仕の。すべての野心の。ドンブリッコ勘定は。国家。股ハ。交響ニ。他意シ。勲積アル。物ニ。コレヲ。球フと。縫い。合わされる。

コンパニオン

ワタシハイツモ、オナジカミガタヲシ、オナジケショウヲシ、オナジアオイセイフクヲキタヒトタチト、ナランデイマシタ。

ワタシハイツモ、オナジエミヲタヤサズ、ダレニモウケイレラレル、オナジヤサシイコエデカタリカケ、オナジヤワラカナモノゴシデオウタイシ、オナジショウヒンヤ、オナジコトバヤシソウ、オナジヒョウメンヲツクロッタ、オナジナイメンヲ、ウッテイマシタ。ケッシテケッシテ、クルイモセズニ。

ワタシハイツモ、イカナルブジョクニモタエ、イカナルハズカシメヲモ、ニコヤカニカワシ、イカナルオセジヤ、イカナルオツイショウニモシランカオシ、ワタシハワタシノシラナイオオカミノシステムニシタガイ、イイツケヲタダタダチュウジツニマモッテイキテキタノデス。

ワタシハワタシデスガアナタデゴザンス。アナタハアナタデスガカレデショウ。カレハカレデスガカレラニチガイナシ。カレラハカレラデスガワタシタチデモアリマスル。ワタシタチハカレラデスガアナタタチデモアリマシタネェ。

アナタタチハミンナデス。ミンナハミンナダナンテイウドウギハンプクハ、セナカガヤタラトカユクナリマスガヒトツデス。ヒトツニナレテヨカリキヨカリキ。ミンナデオイワイシマショウネ。

骸骨

夜ニナッテ
ワタシ　タチヲ取リ巻ク眼差シガ消エルト
スベテノ仮装ガ解カレル
見セルタメノ衣裳モレトリックモ　解説スル言葉モ

誘イ込ム声モ　利益ヲ上ゲヨウトスル背後ノ機械モ
ワタシ　タチヲ　市場ニ運ビ込ム文法ヤ交通ノルールモ
ワタシ　タチニ　介入スル信号灯ヤ句読点モ
ワタシ　タチガ　活躍スル催眠ノ抒情ノ舞台モ

ワタシ　タチガ　演ジテイルイッサイノ虚構ヲ脱グト
錯綜スル骨組ミトイウ抽象ガ現レル
首モ両腕モ両足モ感覚スル軀幹カラハズサレテ
ワタシ　タチ　バラバラニサレタ骸骨ノ六ツノ断片
ワタシ　タチ　死後ノ植民地ノ貨幣ヤコトバヲツカウ

ワタ　シ　タチ　シデナイシカ　シガナイシカ

書簡集を読む日

溺れ死んだ兄へ

あなたが海に消えてから、もう長い年月が経ちました。わたしたちはボートで、波静かな三河湾に漕ぎ出しました。あなたはわたしにオールを渡し、海に飛び込むと、ボートと並走しながら、抜手を切って泳ぎ出しました。あなたにとって、海は自分の身体の一部でした。波浪も潮の満ち引きも、あなたの呼吸や体内時計だったのです。わたしが幼い力を振り絞り、懸命に漕いで、遥かにあなたを抜き去った時、とつぜん、背後で悲鳴が聞こえました。振りかえると、あなたは何ものかによって、海底に引きずり込まれ、もはや痙攣する両手と、必死の形相の上向きの顔しか見えませんでした。あわてふためき、大声をあげて泣きわめいているばかりのわたしに、ボートを旋回させ、助けに行く力はありませんでした。あの時、得体の知れない海獣が現れて、あなたを一飲みしたとしか思えません。狂った渦巻はすぐに消え、また、穏やかな海面に戻りました。しかし、あれ以来、あなたの悲鳴は、わたしの眼の海の波間に漂っています。

行方不明の友人から

おまえの前からおれが消えたのは、あまりにおれたちが似ていたからだ。おれたちふたりが好きだった女の子が、ウエイトレスしている喫茶店で、おまえは自分がこのコーヒー・カップだ、と頑固に主張した。そんなことは、以前、おれが女の子に言ったことだ。それなら、コーヒー・カップが割れたらどうなるの、と彼女はおれに言った。いままた、彼女は不思議な顔をして、カップが割れたら、コーヒーが流れちゃうわ、とおまえに言った。同じセリフだ。彼女はカップよりもコーヒーが、どこに流れるかを気にしている。割れたカップは捨てられ消滅する、とおまえは呟いた。彼女はプイと横を向いて去った。おまえはおれにそっくりなコーヒー・カップ。しかし、おまえは割れないカップ。おれは粉微塵に砕けたカップだった。

幼児期に死んだ妹から

お兄ちゃんのたった一人の妹です。それで毎日、手紙を出しているのに、お兄ちゃんは知らん顔。わたしは六歳で死んだ。それ以来、薄暗い小さな部屋で、黒犬たちに飼われているの。黒犬たちは食べものの代りに、いつも歌を作ってきて合唱してくれるわ。きょうは新作だよと言いながら、決まって同じフレーズの短い歌なの。オオサムコサム。イキノコッタアキノムシ。ナイテイルナ。ナイテイルナ。モウイチドナイテミロ。クッチャウゾ。クッチャウゾ。黒犬たちは大きな舌を垂らし、涎を流しながら合唱し、わたしにいまにも襲いかかりそうな態度を取るのよ。お兄ちゃん。助けて！　黒犬たちの檻の中から、あなたのたったひとりの妹、わたしを救い出して！

匿名の投書

だれもが生きるために
生やしている　根を
地下深くから　摑んでいる

無数の髪のように　ざわめく手

いかなるスクリーンにも
映らない　死の測量師が
徘徊する　空の回廊

夜明け一時間前の　星屑の堆積

共謀罪で告訴されたWへ

共謀は秘密の関係であり、秘密は暴力的であれ、親和的であれ、強制力を内在させる。幼い頃から、わたしたちは無数の共謀のネットワークのなかにいる。恋人や友人同士でしか分からない眼差しの秘密から、内緒話やじゃんけんで決める無邪気な約束を経て、裏切りが殺しを意味する血の盟約まで。共謀は快楽と恐怖で膨らんでいる。おまえがいま共謀罪で裁かれるのは、誰かと共謀したからではない。誰とも共謀しないという、もっとも無自覚で悪辣な共謀により、国家の法廷ではなく詩の中庭において、その真に兇暴な罪が暴かれる。

前世で仲良しだった鯨の仲間から

前世は鯨が街を歩いていた。鯨と言っても、それは単なる記号だった。おれは鯨だと言えば、誰でも鯨になれた。おまえはすでに鯨だったので、おまえと仲良しになりたかったおれも鯨になった。何のライセンスも、身分証明書も必要なかった。鯨を名乗るもの同士が、それぞれの影を交換するだけでよい。しかし、やがて鯨は鯨で群れを作るようになった。それで鯨組ができた。誰が鯨なのか、名札を付けねば分からない。鯨の資格を問う奴が現れた。それで鯨組はむちゃくちゃに厳格なピラミッド風規則を作り、それを踏み絵にして、不純分子を排除した。鯨組におれは残り、おまえは追放された。そして、鯨組は、より過激な純粋鯨になるべく、勇躍して大洋に帰って行った。そこは暴力と粛清の世界だった。おれは血の海に沈んだ。

六番目に離婚した妻から

あなたの冷えた身体からは、

もうどんなフルートの音色もきこえない。
あなたは林の櫟の新芽を装った単なる青虫です。
あなたが薔薇色の夕べであると言い張るなら、
その老いた化粧部屋を、わたしはただ笑うだけ。
あなたはそのすたれた歌の一節を、いつまで、
口ずさんでいるのでしょう。ちゃんちゃら、
おかしいわよ。あの西の詩人のように、せめて、
さりながらさりながらわれを憐れめ、とでも
言ったら、どうかしら。単に乱立するしぶきの雨よ。
柳並木に口ずさめるルフランもなく、
幼き友をゆるゆる揺する子守唄もなく、
無邪気なミツバチを誘う、桃の腐敗する匂いもなく、
散文体の白い器と分かつ、狂おしい熱の銀杯もない。
あなたの破船の蛇行した痕が示しているのは、
不純物の沈殿。不細工に旋回する単なるもみ殻。
ひねくれた撥ね上がりとみにくい転倒の線描です。
さようなら。暮鳥の果ての泥まみれの豚よ。
山羊の角の行列よ。

この世〈で〉笑う方法

人それぞれのサーカスだ。——ジャック・プレヴェール

ライオン

猛獣使いなら、ライオンの口に、
頭を突っ込んでも大丈夫だろう。
猛獣使いなら、銀行に貯金してないし、
恋人の牙を研ぐことも知っている。
猛獣使いなら、ライオン〈で〉遊ぶことも、
ライオン〈で〉笑うことも知っている。
猛獣使いなら、〈で〉だね。
〈を〉なら、ペシミストになってしまう。

老いぼれた太陽（「影たち」異稿）

にせものの太陽がいなくなっても
その影たちは　束ねられたアルバムや
メモリー・カードのなかに　閉じ込もって
いつまでも騒ぎ続けているだろうか

老いぼれた太陽がいなくなっても
影たちの咳払い　居丈高な物言いは
街路の雑踏や食品売り場の喧騒のなかを
でかい顔して歩いているだろうか

たとえば日没後の動物園では
大勢の影たちが、真昼の鉄格子を忘れて
千年の野性を吠えている

あるいは　青い光の波が苦しげに渦巻く
遥かな糸杉の村の星月夜の絵のなかの
記憶の底で眠っている。

樫の木

樫の木はただ立っている。無数の枝を広げ聳えている。痛い鋸歯状の葉を繁茂させる。春には葉の付け根に、直立して花が咲く。それはやがて小さい楕円の硬い実になる。

時に風はこの不動の樹木の死を露呈させたくなる。首を捻じ曲げる。肩を抉る。手指をもぎ取る。空洞を転がす。大地に這わせようとする。風はそんなにしてことばを苛め、試し、分析し、解体し、綿密に調べ、記録し、焼却する。けれども、そこに残るのは、強靭で重くしなやかな、一つの堅固な詩のボリューム。

きょうの樫の木は、いっぱい雀っ子を抱きかかえて、穏やかな風に擽ったそうに身体を揺すっている。周り一面に団栗が散らばっている。こどもたちがそこで隠れん坊をする。

迷走

真夜中と言っても冬の海沿いに人が走る
海沿いの冷たい風と言っても人のなかを犬が走る
冷たい海沿いと言っても犬のなかを風が走る
犬の風と言っても真夜中の人の冬が走る
裸の人と言っても海沿いを真夜中が走る
真夜中の裸と言っても冷たい犬のなかを海沿いが走る
冷たい犬と言っても真夜中の冬の裸が走る

アモルファス

黒犬は小柄な室内装飾だったが魔法瓶と衣裳を比べ合ったりして屋根裏部屋にキスしたもんだから通常の意味を超えた装甲車がとてもおいしいと言って危険な歯ブラシを諳んじながら卵型の歌詞と技巧を競い合い憲法を作動させている「胡桃の大きさの腫瘍が幾つもわたしの天使の胃の中に出来ている」レモン水を浴びつつ国境のお腹が空いてバックしてきた曖昧模糊なタイヤの眉毛を直立させて「きみの乳房は何処にあるんだい?」「あら、日豊本線の蛙のヘソの上に忘れてきたみたいよ。」「それで抽象画のパレットで溺死したんだね。」

笑う門

アイツガトオクカラハシッテキタラ　アイツガワタシヲミツケタラ
アイツガテヲフッタラ　アイツガコエヲカケテキタラ　アイツガコ
ウエンノベンチノワタシノトナリニスワッタラ　アイツガワタシヲ
ダイタラ　アイツガワタシノクチビルヲスオウトシタラ　マサシク
ソノトキ　ワタシハ　キラリトヒカルモノデ
あいつの故郷を刺しました。
あいつは濡れた死をわたしのやわらかな唇に入れたまま、
うっとりと息絶えました。
愛してるって囁くまで待って欲しかったよ。せめて五分……
あいつはわたしに嬲られたまま、
次第に溶けてゆきました。
赤いペンキで一筋二筋描いたようなウソっぽい夕暮れ時。
あいつはもはや公園のベンチの上の一滴の精液。
遺された傷跡には、一羽の鳩がとまっています。

飛べない鳥

始祖鳥

老いて　とつぜん
ジュラ紀を　眠った
　アーケオプテリクス・リトグラフィカ
　　ヒトの顔した　恐龍類
キーボードとマウスを持つ　飛べない翼に耐えられない
一億四千七百万年　毎日一篇　小さな空のスクリーンに
　飛立つ夢を自動筆記する機械の脊髄折れ
カケッ　カッケ　ヒッヒー　墜落する
　遂に目覚めることなく
絶滅！

信天翁（十二句プラス二句）

海賊ノ尖閣諸島ニ　信天翁
アホウドリ　アルバトロスハ藤九郎
羽バタカズ助走モセズニ　起動スル
地上デハ巨大ナ翼　生キヅライ
ニゲアシガオソイネアンタ　絶滅危惧種
春ノ潮　羽毛獲ラレテ啼ク阿呆
潮流ニ性器濡ラシテ飛ブ　言葉
沖ノ太夫　舞ウ夜半ノ夢死ガ宿ル
白イ帆ニ白イ翼ニ　白鳥ノ歌
オトロエタキミノ詩　ノセユクツバサナシ
時ノ風捕ラエル翼　敗レ果テ
アホウドリ　阿呆ヲ生キル翳深シ

天命ナンカクソ喰ラエ　潮風ノ寒サカナ
オロロンオロロンオ辞儀シチョルナ海鳥

揚力の研究

近頃　あなた人形やってますか　大きな耳立てて跳ねてます？　ギャオギャオって啼いたり　足踏み機械やったりしてる？　目に飛び込んでくるぎざぎざなもの　胃袋で咀嚼してるふんにゃらけしてるもの　耳の中で繁殖するにゅるにゅるの細い虫　指に喰らいついて離れないべべとべべろとべべ　墜落するって気持ちいいね　われは破鐘　破茶碗　飛べない鶏　ぶち壊された祭壇の下のただの空っぽぼろぼろの砂袋　見てご覧　あんな石ころだらけの河原に　ひしゃげたペットボトル　怖しい処刑の形式　勤勉な家畜たちの赤い尻尾が捨てられている

　　　小さな虫けらにもジェットエンジン　にょっきりにょっきり羽根が生えてくる　すべての飛行物体には翼が必要　前進することで　翼の下にことばの風が入り込み　その圧力で妄想が押し上げられるのです　あらゆる羽は　インチキな模造品　地に這う鼬を時速３００キロの隼に変える手練手管　無効無用の砂塵をたっぷり抱え込んで　その反動を推進力に変えてしまいます　ことばの羽のやることは　生涯かけて嘘をつきまくること　できるだけ気

持ちの良いセックスすること　死に場所を心得ることだけですね
まるで雪原の嘘つき合戦だ　あなたは白組？　黒組？　それとも？

絶滅鳥

絶滅する鳥たちの身体に
貝や小魚の遊ぶ浅瀬なく
定型という護送船もなく
日暮れ時騒ぎし空の道細く
巣籠りする党派もなくて
どこから滑走するのです
自由に飛翔する力もなく

龍の子供

棒状の精神ではない。凸面のように稜線を走る感覚胸部の龍骨。原始の木造の船から今日の船舶まで貫いている時間の滞留。すべての船よ。海洋をゆっくり進む物語から離脱せよ。リアリズムの平板な胸部から翼が生えてくるだろう。そして羽ばたけば強化される龍骨突起。あれは空飛ぶ爬虫類か。意味の荷物を捨てた空っぽのコンテナ船か。大きく風を孕み、星座の虚構のまわりを旋回する龍の子供。

縄張り

テリトリーはとても厳格に決められています　周辺のどこかの境界線が切れたり　凹んだりしても　領地全体が混乱することはありえません　境界線と言っても　臭いとか気配とか羽ばたきや足音　触感とか影とか勘とか　見えない句読点や　行換え　リズム　ただのノイズまで貫いているからです　その支配は山野や河川　深海　都市　文法　様式にまで　及んでいます　占有の範囲を地図にするのは不可能です　他領地に棲息するものが　うっかり近づけば　たちまち特殊な電流に痺れ　全身硬直を起し捕縛されます　侵犯の理由が明らかな者は　つるし上げられ　焼き鳥にして喰われてしまうでしょう　疑いが晴れない者も　繫辞の羽根をむしり取られ　穴だらけの文体のまま放逐されます　ジャンルを超える揚力を失った彼は鳥も啼かない荒地を彷徨い　やがて野垂れ死にするほかありません

崩れる境界線

新年

夜明けまであとわずか。おれはゆっくりと倉庫に近づく。寒さと怖さで足はもつれがちだったが、そこに引きつけられていた。遠くの波のしぶき。島から島へ渡る橋が落下する響きが聞こえる。おれは思い切って、その倉庫の厚い扉の把手をつかんだ。がらんどうのタイル張りの床に、唐草模様の影が映っている。その時、港の方から新しい年を告げる汽笛が一せいに鳴りひびいた。それがしだいに大音響のうた声に変る。いちばんめのこんぐりどうをこんぐりこんでにばんめのこんぐりどうをこんぐりこんでさんばんめのこんぐりどうがこんぐりにくいこんぐりどうでこんぐりにくいこんぐりどうもこんぐりたこんぐりた……　床が跳ね上がり、その下から、禿げ頭の小さな裸の男たちが飛び出してくる。彼らはうた声に合わせて、機械仕掛けの人形のように、硬い手ぶり身ぶりで踊っている。おれも彼らにつられ、見よう見まねで踊っているうちに、なぜかおれの足もとの床だけが陥没し出し、波底に沈んでゆくのだった。こんぐりたはもう聞こえないのに、おれは一人ぎこちなく踊り続けている。

ガードル

どんな文体もくびれが大事ね。ウェストをしっかり引き締めるのよ。お腹のラインがおしゃべりになると、全体のスタイルがくずれちゃうの。そのためには、強い良質のパワー・ネットや、伸縮性のいい素材を使ったガードルを選ぶことです。ガードルに慣れていない方が、引き締め過ぎますと、内臓に負担がかかったり、ひどい時には嘔吐や下痢さえ引き起こしたりします。その上、くい込みがきついと、余白が潰れ、想像力の動きが鈍くなり、文体から自在な感じや律動感も失われるでしょう。ほどほどにやさしいメイクが必要です。でも大胆にならないと、ガードルする意味もなくなっちゃいますよ。

ローブロー・コンポジション

「ちょうど良い時に来て下さったわ。あなたがいらっしゃらなければ、わたしはいま望みを果たしていたはずよ。」

「鴨居から、麻縄が一本、ぶらさがってる……」

「そうよ。神様にお許し下さいって、お祈りしてたの。でも、誰かが来て引きとめて下さることも、心の隅でお願いしていたみたい。」

「それはよかった。間に合って。（ハヤクキスギタヨウダナ。モウ三十ビョウオソケレバ、ヨイコウケイガミラレタノニ。）」

「あなたにいちばん来て欲しかったの。熟したグレンリベットがあるわよ。飲む?」

「ありがとう。それではきみが甦ったしるしに。（オマエノダマシノテグチニノッテ、シンジュウスルキハ、モウトウナイカラナ。）」

「では、乾杯！　あら、グラスの縁に口をつけただけで、お飲みにならないのね。わたしが毒でも入れたと思ってらっしゃるんだわ。」

「いや、いや、とんでもない。あいにくいま身体をこわしていてね。医者にしばらくお酒を断つように言われてるのを思い出したんだ。

（コノドブネズミメ。）」

「では、あなたのグラスをこちらに渡して。ぐっと一息に飲んでお見せしますわ。」

崩れる境界線

鉄器と溶液の間に挟まれる
いたいたしい魂のしずく

破れた布の継ぎ目で咲くものを殺して
精神科の薄い陶器皿がぐるぐる回って
針金の心理を喋る寝台から転げ落ちて
離れ離れの標識が照合できなくなって

芽生える針のとげとげしさに
もう目覚めることのない急斜面で
妹を作る材料が堕ち続ける

空っぽ

大きな二つの手が幾枚もの空っぽを重ね束ねてその波打ち際の海と陸地の境に積み上げている大きな手が誰の手かどこから垂れてきているのかわからないがものすごく強い力を持っていて空っぽがどこに隠れていても容易に見つけ出しペチャンコにして波打ち際に積み上げる大きな手が高いところから俯瞰して空っぽを探し低いところに身を屈めて空っぽを捕らえてもなぜか新しい空っぽは次から次へと出没し絶えることがない同じ空っぽは一つもなくあの空っぽとこの空っぽは少しも似ていないのに大きな手は正確に空っぽを探しだしひしゃげた俵のように空っぽを束ねて波打ち際に積んでいる大きな手の目的は何なのかなぜ波打ち際なのかわからないいくら摑まえられても空っぽがどこまでも増え続ける空っぽの理由がわからない。

404号室

ズルタンマンションの404号室に、卯月創が引っ越した、という葉書をもらった。海峡の脇の八階建の古マンションは、すぐにわかった。エレベーターはあるが、使用不能の貼紙。階段を四階まで歩いて登る。403号室の次は405号室で、廊下を何度も行き来しても404号室がない。405号室の呼鈴を押す。扉を半分開けて年老いた小男が、新聞は要らないよ、と素っ気なく言う。いや、隣の404号室が見つからないんだけど……。わたしのことばを遮って彼は、そういうことはよくあるよ。以前は405号室も消えたことがある、と言う。えっ、その時、あなたはどこにいたの。ここにいたよ。でも、部屋ごとおれも消えちゃうので、尋ねてきても会えないんだ。そう言うと、彼はわたしの問いを拒んで、扉を閉ざした。403号室に行ってみる。半分破損している扉から覗くと、部屋の内部は蜘蛛の巣だらけ。傾いた食卓の前の椅子に座っているのは、老女に見えるが、それは大きな少女のお人形だった。部屋が暗い上に、煤で黒くなっている。複数の光る眼は捨て猫だろう。404号室と共に卯月創が消えた。マンションがぐらぐらっと揺れ出す。どこかで誰かの笑い声がする。海峡を通航する船の汽笛かも知れない。

虚人日誌

太陽も昇らない。戸も開かない。毎日、二度のメシ。——魯迅『狂人日記』

一月二十日（日・旧暦十二月九日）

今朝はひどく衰弱している。鉛筆一本の中身は空っぽ。なぜ、わたしの噴水は赤茶けた顔をしているのか。鴉の子が結婚を申し込んだという噂を聞いて以来のこと。それで空から垂れている縄梯子が、頭痛を訴えているのかも知れない。大寒になり、噴水が凍りつき、眠れなかったせいもある。それとも、人質が福袋の中で殺されたからか。噴水が惚れてた女は、生涯に一人、前田バス停脇の赤レンガだった。彼女はいつも野良猫に腟を齧られていたが、このほど政権が代わり、片付けられてしまった。こんな風では、薔薇のテーブルクロスの上で、蛙飛びしている尼さんに、お帰りを願わなくちゃ。

一月二十三日（水・旧暦十二月十二日）

この土地は深く窪んでいる　あらゆる所に亀裂が走り　赤い土が剝きだしている〈おれは知らぬ間に、いのりの肉を食わせられたかも知れん。〉その亀裂を避けるようにして　窪地の坂の斜面に　木造の弱々しい家が立ち並んでいる　おれはそれらの家の一軒の狭い室に閉じ込められて　毎日二度のパンと水を与えられ　小窓から　外の世界を見ている〈おれは知らぬ間に、いのりの肉を食わせられたかも知れん。〉小窓は西側にあって　陽が沈む光景しか見えない　真赤に空が焼けたあとに限って　闇がつくるスクリーンに　何かが映っている　増水した川に流され　必死に助けを求める家具たちの顔や手　それがかき消されると　くねくねくねってる山道の傍らに〈おれは知らぬ間に、いのりの肉を食わせられたかも知れん。〉べとべとしたいのりの粘膜があらわれ　その痛々しい破れ目から　泥水が湧き出ている　黒い影が両手で掬って飲んでいるが　それがおれのような気がしてならない〈おれは知らぬ間に、いのりの肉を食わせられたかも知れん。〉なぜなら　ペンペン草の小さい葉っぱが　おまえそんなにおいしいか　もっと飲め　もっと飲め　とささやくからだ

一月二十八日（月・旧暦十二月十七日）

どうして、渦巻は渦を巻いているのだろう？
どうして、渦巻は渦巻いてるだけなのに、
渦巻いて、囚わ、れ、渦巻いて、隔離さ、れるなんて。
渦巻さん。渦巻けるなんて、羨ましい、よ。

渦巻け。渦巻け。アンドロメダ銀河、よ。
渦巻、の渦巻、の渦巻に、巻き込ま、れる奴がいる、の。
牝山羊と交わる牧、神パーンとか。
ゴリアテの首を持つダ、ビデとか。
黝んだ竈や鍋や、ゼンマイ仕掛けの腹、黒い柱、時計とか。
はっ、は、どうしようもない奴ら、とグ、ルになってるんだな。
渦巻が渦、巻いて、やたらに激しい渦、巻さんやっ、てる、と、
神、棚や、仏、壇が勢ぞろいして、渦巻さんの上に落下してくるよ。
それで蠟、燭の火や、金、属のバ、チが、空中に舞ってるんだ、な。
い、いえわ、ぁわ、ぁ騒、いでるのは、諜、報機、関で、す。
渦巻はた、だ渦し、か巻けな、い奇　違い病、韻です。
どうか渦、巻いているか、らと言って裁、かない、で下、さい。
どうか渦、巻いて、いるす、べて、の渦、巻を裁、いて下、さい。

二月一日（金・旧暦十二月二十一日）

ブツブツツブヤイテイル老イタ省エネヤ、ネボケテイル宇宙船タチヲ、タタキオコス朝カラ一日ガハジマリ、翼ヲ畳ンダ爆撃機ヤ電池

ノキレタゲーム機ヲ、ベッドカラ引キズリダスタメノ闘争ガスムト、カレラニミルクヲノマセ、トーストヲ食ベサセ、出陣ヲ見送ッテヤリ、ソレカラ、オデブノ金太郎飴タチガ、台所デ、ラジヲ体操ヲスル間ハ、トイレニカケコミ、ジットガマンシテルト、オーブントースターニ、自動的ニスイッチガハイリ、ガタガタフルエダシタノデ、ナカヲミルト、白イ鼠ガ何匹モカケマワッテオリ、イズレソレヲ写真ニ撮リ、コメントヲツケテ、フェイスブックニ投稿スルコトニシテ、玄関デガタピシ音ガスルノデ、行ッテミルト、六十年前ニ亡クナッタオバアチャンガ座ッテイテ、ヨクアルコトナノデ、線香焚イテ拝ンデアゲレバ、帰ッテイクダロウガ、手ニオエナイノハ借用書ヤヘルメットデ、武装シタ訪問販売タチ、コイツラハイクラ殺シテモ、生キ返ルシ、ワタシハ人参齧ッテ幸セソウダガ、苦痛ナノハ長ッタラシイ寄生虫ガ一匹、オナカノ中デ、トグロヲ巻イテイルカラダガ、イズレ釣針ナンカヲ垂ラシテ、引キズリ出シテヤルツモリダ

二月十二日（火・旧暦一月三日）

触眼という　指もある
耳石という　石もある
物神という　神もある
虚人という　人はいるのか

太陽が死んで真暗になったので　触眼を探したが
隣の臓器から笑い声が聞こえる　あれは空耳かも
波立つ怒りの海峡を渡っていく　薄い軽金属の神
潮のスクリューに巻き込まれて　叫んでいるのは

凌辱されているのは誰なのか　本当の時刻を知らない
眼前で何が起こっているのか　手箱の中は空っぽだよ
身体の奥底でブルーの音楽が　円盤投げしていただけ

わたしだって単に　うなだれているだけだ
あなたにさよなら　ということばも忘れて
短い言葉を伝えに　遠い彼岸から来たのに

二月十六日（土・旧暦一月七日）

あの豚たちは腹をなぜれば床に転がるし、鼻をなぜれば、進軍ラッパだって吹きますよ。そうです、そうです。たしかに、銀や金の神神は言うに及ばず、巧言令色すくなし仁も作ってはならない、とモーゼは腰に焼き鏝を当てられたのでした。でも、祖国が偶像を必要としているのです。きょうは春の七草、明るい野に出て探しましょう。セリ、ナズナ、ゴギョウ、ハコベラ、スズナ、スズシロ、ああ、もう一つが見つからない。エルサレムの草叢で、うなだれているカルカヤ？ではない。ヤマトナデシコでもない。オバマではない。ヴァレリーではない。ラヴェルでもない。アッ！　閣下、見つかりました。プルトニウム２３９です。あの顎から首筋近くの領海を、頻繁に侵犯する自動記述のように、七人のこどもは、鰐の餌食になるほかないのです。天に代りて夕焼けを討つ、忠勇無双の母子草として。カンコロ飴に匿われ、たしかに赤いボンネットの裏に潜んでいた、わたしの亡命生活も、そろそろ終りに近づきました。どうかもう、あの錆びついた汽笛の音など気にしないで、お眠りなさいませ。

娘腫瘍

娘腫瘍

おまえ　宇宙の中の
ひとつの目晦ましの
きらめく　娘腫瘍の

そこでなにしてるの
もの売りの娘の声の
かわいいシルエット
樹枝状に伸びる唄の

おまえ。誕生以来の
肉も魂もぼろぼろの
魅惑する　死の踊り

父腫瘍

腫瘍化とは、一つの文化の組織中で、もっとも熱量の高い塊が、ほかの塊との親和や連携の関係を断ち切って、自分勝手に成熟しようとしたり、増幅したり、逸脱したりしようとする時に、過剰に、自己破壊的に肥大する状態である。その最初のモティーフが父腫瘍であり、それに共鳴し、共同戦線を張る熱の塊が母腫瘍である。父と母の性愛的な結合によって、産みだされるものが息子腫瘍と娘腫瘍だ。文化にとって腫瘍化は死への道だが、この快楽の死線を走ることによってしか、熱いコブや隆起や陥没は生の歓びを分泌できない。

母腫瘍

わたしが自分をサタンだと思っているかって、
バカ野郎だねぇ　おまえさんは
わたしはただの赤い腫れものさ
ただにくたらしくもうれしい悪性ときているだけよ
速いスピードで無制限に健やかな肉体を腐蝕させる
原発腫瘍さ　わたしのおかげで
おまえさんの狂った詩もやたらと増殖しはじめたわ
清潔で綺麗なお嬢さん方と違って
わたしには野蛮な権力が身についているのさ
わたしが産んだ息子や娘たちが　ひぃふぅみぃよぉ
どんどん細胞分裂をかさね
無数の醜い孫や曾孫をつくりだしてるってことさ
この世はニョロロ　ニョロニョロリンだね
ニョロリンはまって　ココチヨキナリ　あんた
あかるさはほろびのすがただなんて
わたしの恋人腫瘍も言ってます

りょうしんに　逆らえ　りょうしんに　逆らえば
そこはたのしい堕天使のみち

息子腫瘍

かうもおもしろ　わがからだ
はるのゆうべに　うみをもつ
いやしくなきし　あおさぎの
こえもろともに　きりおとす
むすこはれもの　いざさらば

孫腫瘍

詩人はみんな孫腫瘍である
孫腫瘍はみんな白い夜である
白い夜はみんな鉄パイプである
鉄パイプはみんなイボイボである
イボイボはみんな道化芝居じゃんか
お道化姉妹はみんな河馬の歯磨きダダ
ダダの歯磨きはみんな電気クラゲである
電気グラマーはみんな反国家的ゲリラだよ
反国家的ゴリラはほらほらね外科手術のメス
メスもオスもどんぶりひっくりかえして濡れ鼠

曾孫腫瘍

わたしは神経系統の行間や句読点の隙間、ある
いは誤字誤植の乳腺や無言の唾液腺のなかに
潜んでいて、発育速度が遅いので、簡単に
内視鏡手術によって切除されてしまいま
す。でも、時々見逃されることがある
ので、そんな時はうまく論理の血管
やリンパ腺の中に忍びこんで、移
動し、夢や神話を腐蝕させること
によって生き返らせます。目立
たない小粒なメタファーです。

＊最初の「娘腫瘍」の冒頭三行は、『パウル・ツェラン全詩集Ⅲ』（中村朝子訳）の「お前、宇宙の中にある」からの引用。ただし、この作品の文体に合わせて変形されています。

きみは誰なんだ

ロシア

ロシアが港まちに　やってきてからは二十数年も経っていたのだが
ロシアのことなら　よく知っているとまちの人は思っていたのだが
木造の小型の舟を　造っている舟大工の家で見習いしていたのだが
器用に仕事を覚え　よく働き気がつき誰からも好かれていたじゃん
棟梁が死んだ後は　仕事もなくなりぶらりぶらり遊んでいたのだが
毎日漁港の岸壁に　座り込んでは出入りする船を眺めていたのだが
それまでロシアは　痩せてはいたが針金のようにつよかったのだが
いつのころからか　ロシアはめったやたらにふとりはじめていたね
ふとりだしてから　ロシアのことは誰も彼もわすれていったのだが
わすれられだすと　ますますロシアはぶくりぶくり膨張したのだが
あさからばんまで　かびたかっぱえびせんかみかみしていたのだが
どこへ消えたのか　思い出す者もなく港は潮が渦巻いているけれど

純粋

一か月に二、三度、派閥と純粋の二人は、この町で炸裂を重ねていた。派閥は賭け金や羽目板をもちこんで、この町自慢の神無池を枯渇させたり、汚濁させたりする極道だった。純粋は微笑む青虫たちや、群がってくる歯ブラシを騙し、黒糖飴の十字架を喰っている古いマキシスカートだった。派閥と純粋は恋愛もお祓いもせず、ただ、銃声と舵を額やお尻に刻みつけるために交わった。純粋が花嫁衣装を論理学の祭壇に供えた後、二人は偽造された大海亀に食べられた。

血痕

彼って洗濯することってあるのかしら
毎日してるわよ　かわいいショーツや黒いスリップも干してあるわ
彼女と同棲してるの
ひとりよ　誰かが訪ねてきたことなんかないわ
働いていないのかしら

昼はパソコンでゲームしてるみたい　時々大声出したり笑ったり
それでよく食べていけるわねぇ
夜は灯が消えてるから　働きに行ってるのかも
どんな仕事かしら　朝帰りの彼を見たことないの
Tシャツやジーンズにどす黒い血痕がついてるのをよく見るわ
ケンカ好きなのかしらねぇ
まさか　細身で色白　女の子のようにきれいな顔してるもの
隣に住んでいてお話したこととか　誘われたこととかはない？
ときどきわたしの部屋覗いてるのを感じる　それだけね
あんたの方から　声かけてみたら
そうしようかな　ちょっと気持ち悪いけど

逢瀬

よるおそくかえっていくスバルの
せすじのまんなかに
ふかいいどがみえる

そのいどをさけているのか
そのおくふかくにみなげしようとしてるのか
スバルのあしどりはたよりなく
くらいきゅうなさかみちをおりて
きいろいしんごうのてんめつする
こうさてんをよこにまがるまで
むごんのやみじではれつしそうになって
みおくっているくろい……かたまり

昶

アキラから火事見舞い来るEメール
アキラくん七五のこつつぼ空のおと
アキラから天皇陛下様　賀状誤配達
アキラくん死後の笑いはテロリズム
アキラキラ惜別の盃こぼれる　響灘

箱アルイハ紐

ボール紙ヤ糊ヤ設計図ヤ鉛筆ヤ鋏ヤ物差シナドヲ結ビツケル見エナイ紐。紐ニヨッテ編マレタ弱々シイ箱。誰ガ私ヲツクッタノカツクリツヅケテイルノカ知ラナイ。無数ノ身ヲモチクズシタ材料ト道具トチカラト好奇心ト場所ト悪夢ト徒労ヲ結ビツケル眼モ口モナイヒトスジフタスジノ白蛇ハドコカラクルノカ。タダノ空ノ箱デアリナガラ私ハナゼ三角形ノ力関係ニ苦シムノカ。マジメナ風景ヲペチャンコニスル私ノ怖サニオビエタリ溶ケタリ潰レタリスルノカ。太陽ノ不整脈ニ変色シ闇夜ノ躁鬱ニボロボロ崩レ堕チテイクバカリ。煮テモ焼イテモ空ハ空。魂ナド信ジナイヨトボヤキナガラ箱ト箱トヲ括リツケタリ切リ離シタリスルイヤラシイ紐ノ執念ニ身ヲマカセテイルアホラシサ。崩レモノ破レモノ汚レモノトシテノ箱。無数ノ紐ノ作用ニヨッテ束縛サレ解放サレ狂ウ箱。淫乱ナ文法ヲヨビサマサレ消滅ニ結ビツケラレテイルワレラ空箱ノ楽シサトイキグルシサヨ。

悲劇など、練習してみる？

動く絵

食欲　そして下痢　好奇心　そして恐怖
ふるさとの　川べりの土手に
馬の脚形の　緑に　装われて
こがね色の　華奢な無数の波　揺れている
これここに　キンポウゲの大群落
わが少年時　それらのあいだに囲まれて　邪悪の目
閉じられる　そのままに　育つ有毒の花弁
クレマチス　オダマキ　福寿草
トリカブト　の悪意　とならない　までも
おそわれた　わが弱さを　刺激する
眩い光沢の　荒野の隅に
ひるんでる　しびれた苗を　植えつけながら
わたしを　死へ誘う　蜜に　溺れていた
親しい者　の影らは　もがき　逆らい　なやみ　屈した

遠い破滅　の予感が
あまい闇　の流れを　彼らに贈った

さらに　これらが　渦潮の　流れを　加速する
わたしは　引きずり込まれ　流木に　噛みつき
岩角に　もてあそばされて　ついに　溺死体
はるかな　ことばのさわぐ　響灘に　呼びかけられ
微かに　まぶたを　開ける

ええっ、何を喰ってるんだ？　その真っ黒いもんは何だ、湾曲した角を生やしたずる賢い雌羊か、雌羊はそんな色しちゃいないぜ、ずる賢い無関心は何からも逃げてるブーブーブタだろう、お前はブーブーブタ喰ってるのか、ブタがブタ喰ってどうするんだ、ブタ野郎、ええっ、どいつもこいつも黒焦げのブーブーブタ喰ってるうちに、地滑りが起ってるって、危ない断層の上に、みんな乗っかってるんよ、ええっ、その真っ黒いもんはブタじゃない、ゾウだって、ゾウなら喰えないよ、それに沈黙は爬虫類だからゾウじゃない、トカゲは喰えないぜ、ヘビは喰えるけど逃げ足が速い、捕まえようと近づけば　深い草叢の中だ、甲羅の硬いカメやトカゲをどうやって食べるんだい、沈黙が爬虫類なら食べられないね、ええっ、お前の喰ってるその真っ黒いもんが、爬虫類や沈黙でないならなんだい？　そんなもん食べてるうちに、どんどん、地滑りがひどくなっていくよ。

おや、月見草

K・Tの逝去を悼む

「いいかい、これは僕の月見草だからね。」
「僕の」と月見草を限定したのは、
月見草によって、「僕」を世間から区別するためですよ。
自分の生きる方向を見定めたのです。
新しい世界観、明日の芸術や文学に、その頃は
まだ見極めがつかず、ぐずぐずしていましたからね。

バスに揺られて御坂峠の茶屋に帰る時、
「僕」の隣に座っていた老婆が、
「おや、月見草」といって、路傍の花ひとつを、
ゆびさしました。――こんな演出ができるなんて、
こころにくいなぁ。ここでわたしはおののき震えました。
三七七六米の、日本一の俗な富士。
それと立派に相対峙し、みぢんもゆるがず、
すっくと立っていた、金剛力草とでも言いたい、

けなげな月見草。富士と月見草はよく似合うか？
似合わないか？　……じゃないよ。
このシュールな取り合わせに驚いたら？

こんな場面が　事実の描写なんかであるものか。
つくりものだからこそ、わたしは
この月見草のイメージを、心の深くに焼きつけて、
これまで生きてこられたのでありました。
月見草よ、ありがとう。グッド・バイ。

自由……詩

高さとは
低さのことなり　草雲雀
倫理的に濡れてる柿の実
食べられず
赤い椿　狂ったことばに
挿し木する
自由……詩に季語は要らない
栗拾い
明けの明星　汚染水凍る
なずな打つ
逃げるなよ　情け容赦ない闘い
春の風邪
やけのやんぱちだって
なんだって　詩
死者たちは泳ぐ
墓もなく　果てもなく

斜面

つねにわたしが混沌状態にあったのは、平地に立っていなかったからです。わたしは大きく傾いて、わたしの運命と世界の運命の食い違いに、引き裂かれていました。わたしの運命は時の刃に尖らされて、ギザギザになり、わたしの唇は、鉄格子の窓を嵌められ、わたしの手や足は贋物に取り替えられ、思うままに動きませんでした。わたしは土を握る力も足りず、水をくみ上げるろくろも衰え、ようやく思いを形にしたと思えば、それはどれも同じ顔した型どおりの土人形。もがけばもがくほどぼろぼろと崩れていくのでした。それでも見かけとは違い、わたしの内部の機械装置は、やぐるい、やぐるって、めちゃめちゃに発動していました。だからわたしは世界の運命に同調せず、何時滑り落ちるかもしれない危なさを好んで、あえて斜面にすがりつく虫の位置を定めたのでした。でも、大きな流れに同調せず、虫の位置を好む人は、わたしだけではありません。ほんとうは誰もが自分に似合った、あるいは強いられた斜面の上で、滑り落ちないように踏ん張っています。それぞれにふさわしい不可解な敵とのたたかいに身を呈し、敗北と死に魅入られて、互いの小さな差異を羨みながら、はにかんで祝福しながら、透き通った霜の衣服を身にまとい、なんとか留まっているのです。ただ、気づかないで、遠い地平までの安泰を信じて、平地の城の主のように振舞っているものもいます。それらにかまう必要はないでしょう。斜面の虫の運命は、誰に対しても平等だからです。今夜も斜面を転がり落ちていく、白い石の音が聞こえます。やわらかい、平和な、白い雪。

あいさつ

それはいつでも　どこでも　にこやかだ
親しい死者を見送る　式場の中でも
それから　涙とともに　笑みがこぼれる
風や水が　おいしく感じられるとき
なおさら　それは帽子を脱いだり
片目を瞑ったり　手を振ったり
時に思いの強さを　硬い表情に出して
あるいは　羞じらって　俯きながら
笑っている　大丈夫よ　というように
晩秋　銀杏が暮れていく陽ざしを浴びて
黄金の楽器を　奏でていた自然の音楽の下では
それは　すべて忘れられていた
遠くで地鳴りがし　海流が逆巻いた日の夜
それはおそろしい沈黙を　光らせていた
それはどこへ行っても　重苦しい石をぶら下げ
不安な未来の護符を

互いに交わし合っていた
死者たちが競り合っている波間に　それをおけ
あなたに　手のぬくもりを教えた
あの人に　それは届かない
利に敏い　賑やかなことばの市場では
いつも　それは死んでいる
枯れていく　樫の古木に　もたれながら
それが　衰えていくことを　あなたは感謝する
理由もなく　誰に対してということもなく

＊三番目の作品「おや、月見草」は、わたしの親しい友人であった、鶴谷賢三の著作『太宰治　作家と作品』（有精堂）の中の「『富嶽百景』鑑賞」から、全面的に引用しています。彼は二〇一二年十一月十六日に亡くなりました。

あんた、正気かなぁ

前兆

わたしは老いて先が短いが、なお時々狂暴になる。身体が強張り始めるのが前兆だが、押し止められない。そのうち眼は見えなくなり、全身は振動し、手足の動きを制御できなくなる。発語は失われ、意識も朦朧となる。誰かに操作される機器《もの》になった身体に力は漲り、わたしは暴れまわり、周りのものは音を立てて崩れてゆく。その時、巨大なメカニカルな勢力が、わたしの方に押し寄せてくる。わたしは金属の網を掛けられ、拘束され、暗いが清潔な管理室に押し込められる。そこでわたしは身体にロープを巻かれて放置される。二、三日は出所できない。わたしはなぜ、時々狂暴化するのか。なぜ、世界がいっせいに金網化して、わたしを取り押さえに来るのか。いままた、わたしは強張り始めている。自分のものではない外の力が、身内に溢れてくる。頭はがんがん鳴って痛い。わたしの変調を察して、メカニカルな勢力が、包囲を縮めてきているのが感じられる。

ペルソナ

それはいつどこでもみずからに相応しい仮面を見つけ出した
それは群衆を扇動する演説になり　歌声になり　予言となった
それは流れに逆らい　多くは恐慌や　戦争を引き起こした
それは理路整然としている半面　支離滅裂でもあった
それは頑固で極端　そして、過激であった
それは帝王になるか　犯罪者になるかのいずれかであった
それは自分以外のどんな秩序にもなじまなかった
それの末路はほとんど隔離されるか　断頭台の露に消えた

バナナ生活

貰った七房のバナナ　一本目はまだ眠りから覚めず
二本目のバナナは電子レンジで焼かれて泣いていた
三本目のバナナは去勢化されていて性交不能だった
四本目のバナナは跳びはねて料理皿から落っこちた
五本目のバナナは白いうじ虫を何匹も飼育していた
六本目のバナナは赤い蠟燭を三本立ててお祈りした
七本目のバナナは腐敗堕落していたので処刑された

男の子の見た夢

女が上半身裸で立っている。
女の顔は乳房の形をしている
女の顔が大口開けて笑いだした。
胸に垂れた二つの大きな乳房にも眼や鼻や口があり、
二つの乳房の顔もゆらゆら揺れて笑っている。
女の顔の乳房は二つの乳房の顔と似ているが、
声や笑い方が違う。
二つの乳房の顔のけたたましい笑い声は、
密林の猛禽類がいっせいに鳴きわめいたようだった。
こどもは耳を押さえようとするが手が動かない。
目をつぶろうとするが閉じることができない。
頓狂に笑う乳房の夢に怯えて目が覚める。
真っ暗闇は、物音一つしない。
その恐怖にまた、こどもは震えた。

輪廻転生

わたしの得意技は、自分の前世が何者であるかを覚えているだけでなく、前々世もそのまた前々前世も、さらに五代位前までは覚えていることだ。更にいまの生を終えた来世も来々世も五代先くらいまでの世で、自分が何者になっているかを記憶している。もっともこれは記憶というより、予見というべきか。前世のわたしはサワラ砂漠のハイエナだった。岩陰などに隠れて、羚羊やシマウマなどを襲い、彼らのやわらかい肉や内臓物、とりわけ卵巣が大好きだった。ライオンの食べる死肉を、横取りしたために、その恨みを買い、彼らの襲撃にあって殺された。その前のわたしは湖畔のフラミンゴだった。音楽が流れると、どういうわけか、わたしたちは長い首と脚を使って優雅にダンスをしてしまうのだった。さらにその前は山岳地帯の沢蟹であったことも、鍋蓋虫であったことも、矢車草だったこともある。わたしが来世に何ものであるかも分かっている。まずわたしは岩国の天然記念物シロヘビに生まれ変わる。飼育されているものではない。山中に棲息する野生のシロヘビだ。シロヘビとしての生涯が終ったら、鳳来寺山のブッポウソウに生まれ変わるはずだ。

ブッポウソウと鳴いていても、実はコノハズクだけれども。それより先はサソリだったり、カマキリだったり、ハエや蚊だったりろくな転生をしない。それでも人に生まれ変わるよりいいかも知れない。

いとしいマネキン

朝　隣に寝ているマネキンの顔を眺める
一筋の皺やかすかなシミ　化粧かぶれの跡もない
わたしのいとしいマネキンはすべすべしている
抱きかかえてうたってあげる
(誰が因幡の海のおそろしい人食いザメを殺したの
(誰がマウントハーゲンの酋長のマクラガイを奪ったの
寝ぼけたマネキンは小さな声で呟く
(わたしじゃないわ　わたしじゃないって
白いマネキンの顔に
うっすらと恥じらいの赤みがさす

なぜ詩を書き続けるのか、と問われて

裂け目

虫たちと共に熱せられて
内臓を貫いた火の裂傷
おまえはだれ？　焼け爛れた
ことばの廃墟から　顔をあげたおまえは
腐敗もせず　白蟻もよりつかない
新建材の板切れ　倒れた建物の中から
出てきたのは　上っ面を装い　嘘っぱちで
塗り固めた　未来図の悪臭の中に蠢く
不滅の南京虫！　化膿する靴ひも！
過疎の廃屋の内部で　おまえの思考の
カーブが止まる　その時こそ
ぼろぼろになってる木刀
最期は　相打ちでいこうか

渇き

これまでに　おまえはなんにんコロしたかって
おぼえてなんぞいないねぇ　かぞえきれないよ
コロすたんびに　コロコロコロされちゃったし
いきたえてコロがってたのが　だれだったのか
からだのうちもそとも　コロリコロリンだらけ
はじしらず！　ろくでなし！　きゅうけつき！
ばとうされ　いやしめられ　ほうちくされれば
されるほど　ココロコロコロ　コロがりおちて
とめどもなく　ひるもよるもコロしコロされる
コロコロリンのふちから　はいあがるすべなく
コロコロむしとなり　コロコロリンとないてる

遅滞

冬の畑に忘れられた無数の玉葱たち。**彼女は蜘蛛膜下出血で倒れ、呼吸停止状態だ。**脱原発と言ってみるだけのコンクールは、もう聞くに堪えない。図々しい奴さ。あれは権力の厚かましさだ！　**死のベッドで、彼女は奇蹟的に息を大きく吸った、吐いた。**忘れられた玉葱たちは次第に凍てついてゆく。駈け込んできた男は、咽喉の炎症が直らないので、声がかすれている。**誰かが大きな声で、彼女の名前を呼んでいる。声の主は見えないが、その耳元で。**穴倉に隠した玩具箱が騒ぎ出した。おもちゃの兵隊を慰めるために、こどもを数人誘拐したい。男はかすれた声で出まかせを言っている。**彼女は瞼を少し開けたが、見えているのかいないのか分からない。**忘れられた玉葱たちは、芯から腐りだす。でっかい口ばかり叩いていないで、まともに働いたらどうだ。かすれた声の男の周りに、家庭的な風が吹きまくる。**彼女の心臓は脈打っているが、いまだ意識が戻らない。**最新の思想で接木されている柿の木の腰が、老いとともに曲がってきた。冬を迎える倉庫の中は、すべて出払って空っぽ。**彼女は自分を脅かす黒い噴煙から逃げまどい、出口を探している。**忘れられた玉葱たちが、内に向かって陥没し、腐りだし、風化し、畑の土と見分けがつかなくなる。**彼女は瞼を少し開けたまま眠っている。**

ちちろ虫

明るさに　パン馬鹿パーン疲れ果て
かわくあさ　跳べと言われて変死体
うたうなよ　こめを研いでる神無月
家族とはいちばんとおい　ちちろ虫
のど仏　死ねば死に切りあおいそら
狂気とは自由のことなり　底なし沼
家という蛇に咬まれて　目覚めた夜
虫しぐれ　死者の避難所混みはじめ

天使狩り

大鷲ヤ鷹ノマネシテ翼ヤ羽ヲ生ヤスモノハスキダダ　オノレノ権力性ヲ誇リ　コレミヨガシニ天空ヲ飛ブヤツハスキダダ　猛禽ノ爪ヤ嘴ヲカクシテ　唯一絶対トカイウ大阿呆ノ使者ノフリシテ　尊大ナ羽音ヲタテルヤツハスキダダ　アホラシイ天啓ヲ告ゲルヤツモ信ジルヤツモスキダダ　ソレヲ盛リ付ケタオ皿ヤ花瓶モスキダダ　ソレノ振リシタフワフワノコスプレスル餓鬼ドモガカワイイノダダ　ソレトアレハ敵対シテイルヨウニ見セカケテ　内通シテルカラダイスキダダネネ　ソイツニダマサレ　足ニ愛ノ輪ヲツケラレ　無知ニツケコマレテ　ヨロコンデ屠殺場ニ送ラレル雄牛タチヲ祝福シヨウウウウウウ　ソレハアレヲアレハソレヲウミダスカラスキダダ　地上ヲソレトアレノ二ツニ分割スル狡イ戦法ガ　オバカサンデモワカル紋切リ型ダカラダイスキヨヨ　翼ノ折レタソレモイイジャンカカ慈善ノ放電ヤ正義ノ放尿ヲアビルノハイイヨヨ　コラエキレナイホドウレシカヨヨヨヨ　ダッ堕ヲヤタラニツケテ保身スルカシコサヤ位階制度ヲツクリアゲテ　私腹ヲコヤス根性ガイイジャンジャンジャンジャンンンンンン　鐘ガナリマシタネネ　滅亡ノラッパヲ吹イ

テ　脅迫シタアト　アカンベェスルヤツハニクタラシイイイ……

導管

身体の中のくろい大きな塊りに触れてくれ　渦巻く海峡の潮流にさらわれるのだ　生活の膨張と縮約を反復する　クッションに身を預けてくれ　発熱と凍結で痙攣する　神経の楽器を鳴らしてくれ　衰えない原始の心臓　古代のマグマに耐えてくれ　ありきたりの何でもないことばの習俗に潜む　垂直の電光に痺れてくれ　すべての冒険に値する　いちばん身近な玉石混淆に身を浸してくれ　破れ目を縫合手術して取り繕う　事なかれ主義なんかに絶望するな　それは崩壊と解体の予兆だ　世界の内臓を探索する　テレンテクダに熟練しろ　いちばん身近で親しい奴から　遠い地の果てまでを騙くらかすのだ　完璧に見放され　身を隠す技術を身につけよ　胎盤をつらぬく　水と火の通路に導管を埋めよ　そして　一挙にその限られた場所を超えるのだよ　おまえの盲の瞬きこそ見えない道を指し示す

覚書

この詩集の編集・発行に関わる簡単な自註を書いておきたい。まず、ここに収めた作品は、二〇一〇年の初夏から、二〇一三年の暮れに到る、約三年半の間に書かれている。だいたい発表順に並ぶように編んだ。二〇一一年三月十一日の東日本大震災以後に書いた作品は、四番目の「影の影」（原題「影の体験」）よりうしろに、時間を追う形で配列されている。わたしは大震災以後のことばに自覚的だが、しかし、そのために書き方や文体を変えようとはしていない。もし、変わっていたら、それはわたしの態度や意識を超えた力が働いているからではないか、と思う。

ここに収めた作品は二十七篇ある。一つの作品は総題の下に六つの小題をもつ、それぞれ侵し合いながら、独立している詩片から成っている。小詩片の独立性を感じながら読んでもらえれば、全部で一六二片ある、という数え方もできないわけではない。雑誌発表の時も、ほぼ、この形を踏襲しているので、わたしは秘かに「六片シリーズ」と呼んでいた。しかし、掲載誌によっては、六片を一挙に掲載できないこともあり、その時は別の雑誌にまたがって、分割掲載した。それが可能になるのも、一片一片の危うい独立性による。また、詩集を編む過程で、初出の題名を変更したり、かなり手を入れたりした作品もある。以下に掲載誌を記すことで、それぞれの雑誌の同人諸氏や編集担当者に感謝の気持ちを表したい。
「耳空」三号より十号（終刊）までのすべての号。「歴程」五七八号より五八七号までのすべての号。「びーぐる」十一号。「ガニメデ」五十三号。ウェブマガジン「詩客」二〇一三年二月八日号。「雷電」五号。「現代詩手帖」二〇一一年八月号、二〇一二年一月号、二〇一三年一月号、二〇一四年一月号。なお、「西日本新聞」二〇一二年から一四年までの元旦の紙面に発表してきた作品も、ここに組み込まれている。

最後に、この詩集の題名『なぜ詩を書き続けるのか、と問われて』に関連して、言わずもがな……のことを書いておきたい。いつからか、詩はわたしにとって、身体に例えれば循環器になっている。これまで幾度も直面した、生活上や精神上の危機を、いちおう乗り越えられてきたのも、書くという行為、特にその中心に詩があったからだ、と思う。おこがましい言い方かな、とひるむ気持もあるが、詩は時に衰弱や死に脅かされる、わたしを生かす循環器だったし、これからもそうあり続けるだろう、とあえてここに記しておく。

今度の詩集も思潮社のお世話になる。最初の一九六六年刊『詩と思想の自立』以来、長い年月、詩集や詩論集の制作を支援下さっている会長小田久郎さん、今度の詩集を担当して下さる編集長の髙木真史さんにお礼を申し上げたい。

二〇一四年十一月十一日

なぜ詩《し》を書《か》き続《つづ》けるのか、と問《と》われて

著者
北川《きたがわ》 透《とおる》
発行者
小田久郎
発行所
株式会社思潮社
〒一六二—〇八四二 東京都新宿区市谷砂土原町三—十五
電話〇三(三二六七)八一五三(営業)・八一四一(編集)
FAX〇三(三二六七)八一四二
印刷所
三報社印刷株式会社
製本所
小高製本工業株式会社
発行日
二〇一五年六月三十日